John Christopher
Die Wächter

John Christopher

Die Wächter

Otto Maier Ravensburg

Lizenzausgabe
als Ravensburger Taschenbuch Band 441,
erschienen 1978

Die Originalausgabe erschien
im Verlag Hamish Hamilton Ltd., London
unter dem Titel »The Guardians«
© 1970 John Christopher

Die deutsche Erstausgabe erschien
im Georg Bitter Verlag KG, Recklinghausen
© 1975 für die deutsche Textfassung
Georg Bitter Verlag KG, Recklinghausen
Aus dem Englischen von Johannes Piron

Umschlag: Eberhard Weißflog, unter Verwendung
eines Fotos der Interfoto-Pressebild-Agentur, München

Alle Rechte dieser Ausgabe vorbehalten durch
Ravensburger Buchverlag Otto Maier GmbH
Gesamtherstellung: Ebner Ulm
Printed in Germany

12 11   91 90

ISBN 3-473-39441-6

Inhalt

   7 Unfälle passieren eben

 23 Eine Schande für dieses Haus

 39 Der Mann mit den Kaninchen

 53 Ein Reiter in der Sonne

 62 Die Höhle

 77 Fragen auf einer Gartenparty

 96 Die Revolutionäre

110 Reiter ziehen aus

130 Nächtlicher Besuch

140 Die Wächter

Unfälle passieren eben

Die öffentliche Bibliothek lag in einer recht düsteren Straße dem Park gegenüber. Sie grenzte an einen weitschweifigen, baufälligen Gebäudekomplex, in dem früher die Büros des Stadtrates untergebracht waren, der heute aber als Lagerhaus diente. Die Bibliothek war fast genauso alt – eine sich von der Mauer lösende Gedenktafel erinnerte an die Eröffnungsfeier im Jahre 1978 – und ziemlich brüchig. Über ihre einst weiße, nun schmutziggraue, schwarzgestreifte Betonfassade zogen sich mehrere breite Risse.
Um das Innere war es nicht viel besser bestellt. Das künstliche Licht, ergänzt von der schwachen Helle, die an diesem trüben Aprilnachmittag hereinsickerte, rührte nicht von Lumigloben her, sondern noch von altmodischen Leuchtröhren. Sie flackerten und summten; eine war kaputt, und eine andere ging zuckend aus und an. Der Bibliothekar, der hinter seinem Schreibtisch saß, schien das nicht zu bemerken. Es war ein großer, gebeugt gehender Mann mit einer hohen Stirn und einem schlaffen weißen Schnurrbart, den er dauernd zwirbelte.
Er war wortkarg und sprach mit Ausleihern nur, wenn es unbedingt erforderlich war. Vor ein paar Jahren hatte er Rob einmal in ein Gespräch verstrickt – einige Monate nach dem Tode seiner Mutter. Anfangs war Rob mit ihr zur Bibliothek gegangen, später dann allein. Der Bibliothekar hatte ihm erzählt, daß er seit seinem Schulabgang vor fast fünfzig Jahren hier arbeite und daß er damals einer von sechs Assistenten gewesen sei. Es habe der Plan bestanden, in ein neues größeres Gebäude zu ziehen und mehr Personal anzustellen. Aber bereits vor vier Jahrzehnten sei dieser Plan aufgegeben worden, und er müsse nun alles allein tun. Er sei schon über das Rentenalter hinaus, bleibe aber noch, weil er es wolle. Im Stadtrat sei die Rede davon, die Bibliothek zu schließen und das Gebäude abzureißen. Aber so lange lasse man die Dinge noch laufen.

Er redete halb wehmütig, halb zornig über den so gut wie völligen Rückgang des Lesens. In seiner Jugend habe es zwar keine Holovision, aber immerhin Television, also das Fernsehen gegeben. Trotzdem hätten die Leute noch Bücher gelesen. Die Leute seien damals anders gewesen, individueller, wißbegieriger. Rob sei der einzige Besucher unter Fünfzig, der in die Bibliothek komme.
Er hatte ihn dabei mit einer Hoffnung, ja einem Hunger angeschaut, die Rob beunruhigend und peinlich fand. Für ihn war die Bibliothek mit den Erinnerungen an seine Mutter verbunden. Er las Bücher, weil sie es getan hatte, wenn auch nicht die gleichen. Die Bücher, die er las, handelten, wie die, die sie gelesen hatte, von der Vergangenheit, aber sie hatte sich für Liebesgeschichten in ländlicher Umgebung begeistert, während er Abenteuerromane vorzog: Spannung und Schwerterklirren. Er hatte »Die drei Musketiere« gelesen und die Fortsetzungen davon »Zwanzig Jahre später« und »Der Vicomte von Bragelonne« – alle drei sicher ein halbes dutzendmal.
Linkisch und unwillig hatte er auf die Bemerkungen des Bibliothekars geantwortet, und der alte Mann war entmutigt wieder in seine übliche Schweigsamkeit versunken. An diesem Nachmittag stempelte er seine Bücher und entließ ihn mit kurzem Nicken. Rob blieb einen Augenblick in der Vorhalle stehen und sah hinaus. Der Himmel war noch dunkler als bei seiner Ankunft, und es drohte heftiger Regen. Bis zur Omnibushaltestelle war es nicht weit, aber nach dem Aussteigen mußte er ein ganzes Stück zu Fuß gehen; ihre Wohnung lag ziemlich abseits von der nächsten Straße. Andererseits war das Stadion genauso nah, und die Schicht seines Vaters endete in einer Stunde. Er konnte dort so lange warten und dann mit ihm im Wagen nach Hause fahren.
Deshalb wandte er sich nicht vom Park ab, sondern durchquerte ihn. Der bot einen schäbigen Anblick. Die Blumenbeete waren ungepflegt, und die Bäume mit ihrem kümmerlichen Laub, die ihn säumten, sahen zerzaust und krank aus. Der Rest bestand, abgesehen von einem Kinderspielplatz in

einer Ecke und ein paar Rugbytorpfosten, aus fünfundzwanzig Morgen niedergetretenem Gras und Dreck, durch die sich ein halbes Dutzend asphaltierte Wege mit Schlaglöchern zogen. Immerhin hatte man dort das Gefühl, dem Häusermeer entronnen zu sein. Von seiner Mitte aus konnte man über dem niedrigen Horizont im Vordergrund die hochaufragenden Wohnblöcke sehen, die sich über Groß-London bis zu dem Grüngürtel erstreckten, der diese Konurba* von der nächsten trennte.

Ein paar kleine Kinder spielten kreischend auf den Wippen und Karussells. Einige wenige Leute führten ihre Hunde im Park aus. Mehr Menschen gab es auf dem kurzen Weg zur High Street, und die selbst war ziemlich belebt. Nicht nur von Kauflustigen, wie Rob feststellte, sondern auch von der Menge, die nach den Nachmittagsspielen im Stadion allmählich heimwärts strömte. Sie machten einen einigermaßen geordneten Eindruck, und seit mehreren Wochen war es nicht zu ernsthaften Krawallen gekommen – nicht mehr nach den Massenunruhen im Feburar.

Rob bog, gegen den Strom, in die Fellowes Road ein.

Schon bald hörte er einen Ruf vor sich, dem Gegröle folgte: »Die Grünen! Die Grünen!«

Es ertönten noch andere wirre, unverständliche Rufe, und er wurde sich einer Aufregung, einer rascheren Gangart in der Menschenmenge bewußt, die ihm entgegenkam. Jemand setzte sich in Trab, dann andere. Rob suchte nach Deckung, fand aber keine. In dieser Straße standen lauter alte Häuser, aus deren Türen man gleich auf den Bürgersteig trat. Bis zur Kreuzung Morris Road war es nicht mehr weit, und er bemühte sich, bis dorthin zu drängeln. Aber von einem Augenblick zum anderen verwandelte sich die Menge in einen kämpfenden, schreienden, rammenden Sturmbock aus Menschen, der ihn hochhob und zu zermalmen drohte und mitriß.

---

* Ein Fantasiewort für zusammengewachsene Städte, wie sie sich in Deutschland im Ruhrgebiet finden.

Ihm fiel ein, daß an diesem Nachmittag Terraflüge auf dem Programm gestanden hatten. Dabei rasten Elektrorennwagen fast senkrecht an den Steilwänden der Bahn direkt unter den Tribünen vorbei, und von Zeit zu Zeit wurden Hilfsraketen entzündet, so daß die Rennwagen sich vom Boden hoben und durch die Luft flogen – daher der Ausdruck Terraflüge. Unfälle passierten häufig, deshalb war dieser Sport bei den Zuschauern so beliebt. Und die Begeisterung konnte einen solchen Grad erreichen, daß die immer vorhandene Gegnerschaft zwischen den vier Rennställen – den Schwarzen, Weißen, Grünen und Roten – sich zur Wut steigerte. Seit einiger Zeit dominierten die Grünen bei Terraflugwettkämpfen. Vielleicht hatte sich ein Wagen überschlagen oder eine besonders üble Behinderung stattgefunden.
Rob hatte weder Zeit noch Lust, sich weiter den Kopf darüber zu zerbrechen. Sein Gesicht wurde gegen einen braunen Mantel aus grobem, muffigriechenden Stoff gepreßt. Der Druck nahm zu, und er konnte kaum atmen. Er erinnerte sich, daß bei den Februarunruhen acht und bei denen kurz vor Weihnachten zwanzig Leute zu Tode getrampelt worden waren. Er erhaschte einen Blick von einer Häuserecke und erkannte, daß die Menschenmenge sich in die High Street ergoß. Irgendwo klirrte Metall, Leute schrien, Sirenen heulten auf. Der Druck ließ etwas nach; Rob konnte seine Arme bewegen und mit einem Fuß den Boden berühren. Dann stolperte er über irgend jemanden oder irgend etwas und fiel hin. Jemand trat ihm auf den Arm, ein anderer schmerzhaft ins Kreuz.
Wenn er jetzt nicht etwas unternahm, war es aus mit ihm. Zwischen den Beinen eines Mannes konnte er undeutlich einen Wagen sehen, der zum Stillstand gebracht worden war. Gewaltsam bahnte er sich den Weg dorthin, wobei er noch mehrere Tritte abbekam. Er schlüpfte darunter – es war genügend Platz vorhanden –, blieb benommen und zerschunden dort liegen, beobachtete die Flut der Beine und Füße und lauschte den wilden Schreien und Rufen.

Allmählich wurde der Strom schwächer und verebbte, so daß Rob schließlich hervorkriechen und aufstehen konnte. Mehrere Leute lagen reglos auf der Straße, andere rührten sich und stöhnten. Zwei Polizeihubschrauber befanden sich auf dem Schauplatz, der eine war gelandet, der zweite schwebte ein Stück weiter über der Straße. Ein Mann und eine Frau saßen in dem Wagen, unter dem er Schutz gesucht hatte; der eine vordere Kotflügel war durch den Druck zerbeult worden. Die Frau öffnete ein Fenster und fragte Rob, ob er unverletzt sei. Er konnte nur noch nicken, ehe der Mann den Wagen in Bewegung gesetzt hatte und in Schlangenlinie davonfuhr, um Leichen und anderen Fahrzeugen auszuweichen. Mehrere Wagen waren umgekippt worden und etliche frontal zusammengeprallt.
Ein Ambulanzhubschrauber kreiste über den nahen Dächern, und weitere flogen herbei. Rob suchte seine Bibliotheksbücher, die ihm bei dem Ansturm entrissen worden waren. Eins fand er an der Ecke der Fellowes Road in der Gosse, das andere zehn Meter davon entfernt. Es lag aufgeschlagen und zertrampelt da: Eine Seite zeigte einen tiefen Absatzabdruck, die andere war fast mittendurchgerissen. Rob preßte das Buch, so gut er konnte, wieder in seine ursprüngliche Form, klemmte beide Bände unter den Arm und steuerte auf das Stadion zu.

Das Stadion war fünfhundert Meter lang und hob sich hundert Meter in die Höhe, ein von außen in sich geschlossenes mattgoldenes Oval. Einige Leute kamen immer noch aus dem nächsten Tor, und Autos verließen die unterirdischen Parkplätze, aber die Hauptflut war vorüber. Rob ging zu einem Diensteingang und zeigte dem elektronischen Kontrollgerät seine Marke. Es war ein Duplikat, das sein Vater ihm besorgt hatte; eigentlich wurden Marken nur an das Personal ausgegeben, aber man nahm es mit der Vorschrift nicht allzu genau. Die Tür zischte auf und schloß sich dann wieder hinter Rob. Er bog nach rechts ab und folgte einem Korridor mit Wandbeleuchtung, der zur Stromversorgungs-

zentrale führte. Er durfte keinen der Kontrollräume betreten, konnte freilich in einem Aufenthaltsraum warten.
Ehe er ihn allerdings erreichte, erblickte er jemanden, den er kannte. Es war am Schnittpunkt mehrerer Korridore, und der Mann kreuzte kurz vor ihm seinen Weg. Rob rief ihn, und der Mann blieb stehen, um auf ihn zu warten.
Es war Mr. Kennealy, ein Freund seines Vaters, ebenfalls ein Elektriker; ein untersetzter, bedächtig sprechender Mann mit breitem Gesicht und rabenschwarzem Haar. Er zeigte seine Gefühle sonst kaum, aber Rob fand, daß er diesmal bestürzt aussah. Mr. Kennealy fragte: »Hat man es dir noch nicht gesagt, Rob?«
»Was denn, Mr. Kennealy? Ich wollte mit Dad nach Hause fahren.« Mr. Kennealy musterte ihn und bemerkte sein verschmutztes und zerzaustes Aussehen. »Bei der High Street kam es zu Unruhen. Ich mußte mich unter einem Auto verkriechen . . .«
»Ein Unfall ist passiert«, sagte Mr. Kennealy ruhig.
»Doch nicht . . .?«
Er konnte den Satz nicht beenden. Ein dunkles Vorgefühl schnürte ihm die Kehle zu.
Mr. Kennealy sagte: »Sie haben deinen Vater sofort ins Krankenhaus gebracht, Rob. Er berührte aus Versehen eine Hochspannungsleitung. Er erhielt einen tüchtigen Schlag, ehe jemand sie ausschalten konnte.«
»Er ist doch nicht . . .«
»Nein. Aber er wird eine Zeitlang abwesend sein. Ich habe mir dauernd überlegt, wie ich dich benachrichtigen könnte. Ich halte es für das beste, wenn du erst einmal bei uns bleibst.«
Die Kennealys wohnten in einem Hochhaus mit Ausblick auf das Stadion, also nur ein paar Schritte entfernt. Rob war mit seinem Vater oft dort gewesen und hatte Mrs. Kennealy gern, eine große Frau mit rosigem Gesicht, starken Armen und kräftigen Händen. Zu den Kennealys zu gehen, erschien Rob besser als in eine leere Wohnung zurückzukehren. Er fragte: »Darf ich ihn im Krankenhaus besuchen?«

»Nein, heute noch nicht. Morgen ist Besuchstag.« Mr. Kennealy schaute auf seine Fingeruhr. »Komm. Ich bringe dich hin. Ich kann heute ausnahmsweise schon so früh Feierabend machen.«
Unterwegs schwiegen sie: Mr. Kennealy hatte nichts zu sagen, und auch Rob war es nicht nach Reden zumute. Das, was passiert war, erschütterte ihn nicht nur, sondern verwirrte ihn auch. Sein Vater hatte eine Hochspannungsleitung berührt...aber er war doch immer so vorsichtig, prüfte alles stets mehrmals sorgfältig. Rob wollte Mr. Kennealy danach fragen, fürchtete jedoch, daß das nach Kritik aussehen könnte.
Zwei der drei Aufzüge in dem Wohnblock waren außer Betrieb, und sie mußten eine Weile warten, ehe sie hinauffahren konnten. Mr. Kennealy beklagte sich darüber bei seiner Frau, die aus der Kochnische kam, als sie in die winzige Diele der Wohnung traten. Die Instandhaltung sei fürchterlich und werde immer schlechter, sagte er.
Sie sagte: »Du mußt auch mal nach dem HV-Gerät schauen. Es ist wieder nicht richtig in Ordnung. Du bist ja schon so früh da. Und wie ich sehe, bringst du Rob mit. Kommt Jack später nach?«
Er erzählte ihr kurz, was passiert war. Sie trat zu Rob, legte ihm den Arm um die Schulter und drückte ihn an sich. Er bemerkte die Blicke, die sie wechselten, ohne sie lesen zu können, und er war auch nicht sicher, ob er das gewollt hätte. Sie sagte: »Der Kessel steht schon auf dem Herd. Kommt, setzt euch, dann hole ich euch Tee.«
Im Wohnzimmer zeigte das Holovisionsgerät ein Werbeprogramm. Die Gestalten waren verschwommen, huschten von der dritten in die zweite Dimension, und die Farben wirkten unecht. Mr. Kennealy fluchte, schaltete das Gerät aus, nahm die Rückseite ab und fummelte daran herum. Rob schaute ihm eine Weile zu und ging dann in die Kochnische. Da war kaum noch Platz für einen anderen, wenn Mrs. Kennealy darin herumwirtschaftete. Sie fragte ihn: »Was ist denn, Rob?«

»Haben Sie vielleicht etwas, womit ich dieses Buch kleben kann? Eine Seite ist zerrissen.«
»Bücher?« Sie schüttelte den Kopf. »Was fängst du eigentlich damit an? Na ja, jedem das Seine. Irgendwo muß Klebeband sein. Ja, dort auf dem Regal.«
Rob legte die zerrissenen Ränder gegeneinander und klebte sie sorgfältig zusammen. Während sie ihn dabei beobachtete, fragte sie ihn, wieso es so zugerichtet sei, und er erzählte ihr von den Unruhen.
Sie sagte: »Rowdys! Es gibt viel zuviel von dieser Sorte. Man sollte sie in die Armee stecken und nach China schicken.«
In China wurde schon so lange Krieg geführt, wie er sich erinnern konnte. Unruhestifter bekamen manchmal Gelegenheit, sich freiwillig zum Heer zu melden, statt ins Gefängnis zu wandern. Es war alles so weit weg und unwirklich. Sie hatte das beiläufig gesagt, ihre Gedanken waren mehr beim Tee. Jetzt gab sie ihm ein Tablett, auf dem die Teekanne, Tassen und Untertassen sowie ein Schälchen mit Schokoladenkeksen standen.
»Bring es schon hinein, während ich noch schnell aufräume«, sagte sie zu ihm. »Ich komme gleich nach.«
Mr. Kennealy fummelte immer noch in dem HV-Gehäuse herum. Rob stellte das Tablett auf einen Teetisch und ging zum Fenster. Der seit langem drohende Regen fiel herab und prasselte in der Schlucht zwischen diesem Wohnblock und dem nächsten auf die dunkle, düstere Straße dreißig Meter tiefer. Rob schaute ihm zu, dachte an seinen Vater und fühlte sich elend.

In der Wohnung war ein unbenutztes Zimmer, das Kennealys Tochter gehört hatte, ehe sie heiratete und fortzog. Dort wurde Rob untergebracht, in einem rosa Bett mit Rosenmuster. Er las noch eine Zeitlang, knipste dann müde das Licht aus und schlief rasch ein.
Rob erwachte, weil er Durst hatte, und machte sich auf den Weg zum Badezimmer, um etwas Wasser zu trinken. Er ging ganz leise, denn er glaubte, es sei mitten in der Nacht, und

wollte niemanden stören, aber er hörte Stimmen, als er die Diele durchquerte, und bemerkte einen Lichtstreifen unter der Wohnzimmertür. Männerstimmen, und zwar mehrere. Mindestens drei. Sie schienen sich über irgend etwas zu streiten. Auf dem Rückweg vom Badezimmer hörte er, daß der Name seines Vaters fiel. Rob blieb stehen, um zu lauschen. Er konnte nur einzelne Wörter auffangen – nicht genügend, um den Sinn des Gesagten zu erfassen. Er wurde sich bewußt, was für einen schlechten Eindruck es machen würde, wenn jemand herauskäme und ihn beim Lauschen ertappen würde, und er ging deshalb wieder ins Bett.
Er schlief allerdings nicht. Er konnte durch die Wand das leise Stimmengemurmel hören und wurde sich klar, daß er angestrengt hinhorchte.
Nach einer, wie es ihm vorkam, langen Zeit öffnete sich eine Tür, und die Stimmen in der Diele draußen wurden lauter und deutlicher.
Ein Mann sagte: »An der ganzen Sache stimmt etwas nicht. Ich habe ihm schon vor einer Woche gesagt, daß er aufpassen soll.«
»Unfälle passieren eben«, sagte eine andere Stimme.
»Man darf kein Risiko eingehen«, beharrte die erste Stimme. »Ich habe ihn gewarnt. Man muß auf Zwischenfälle gefaßt sein. Es ist eine gefährliche Sache. Daran sollten wir alle denken. Nicht nur unsretwegen, sondern auch wegen der anderen.«
Mr. Kennealy sagte: »Psst. Der Junge schläft in diesem Zimmer. Und die Tür ist nur angelehnt.«
Es folgten Schritte, und die Tür wurde leise geschlossen. Rob hörte noch einige Sekunden ihre gedämpften Stimmen, ehe die beiden Besucher sich verabschiedeten und Mr. Kennealy in sein Schlafzimmer ging. Er lag noch immer wach und dachte über das Gehörte nach. Er ärgerte sich über das, was die Männer gesagt hatten, jedenfalls der erste Sprecher. Der hatte nicht nur seinem Vater die Schuld für das zugeschoben, was passiert war, sondern auch angedeutet, daß sein Vater andere in Gefahr gebracht hatte. Wie konnte das

wahr sein, wenn es sich doch nur um die Berührung eines
Drahtes handelte, der unter Strom stand, während sein Vater gedacht hatte, er wäre isoliert?
Und Mr. Kennealy hatte den Mann nur unterbrochen, weil
er geglaubt hatte, daß Rob vielleicht lausche. Er hatte seinen
Vater nicht in Schutz genommen, was doch seine Pflicht gewesen wäre. Rob haßte deswegen auch ihn, ehe er schließlich einschlief.

Das Krankenhaus war ein ziemlich neues, über vierzig
Stockwerke hohes Gebäude aus hellgrünen Plastiksteinen
mit Fensterrahmen aus verstärktem Aluminium. Sie glänzten in der Frühlingssonne – bis auf wenige weiße Wolken im
Westen war der Himmel strahlend blau. Ganz oben befand
sich das Gelände des Dachgartens und der Landeplatz der
Hubschrauber, von denen sich einer, der für den Krankentransport bestimmt war, gerade niederließ. Auch die aus dem
Landkreis kommenden Ärzte parkten dort ihre Hubschrauber, aber zur Zeit standen nur wenige darauf. Nur ein stark
vermindertes Pflegepersonal versah sonntags den Dienst.
Die Kennealys und Rob stellten sich hinten an die Schlange
der Leute, die auf die erst zu Beginn der Besuchszeit in Betrieb gesetzten Aufzüge warteten. Da es sich um ein Krankenhaus handelte, funktionierten sie wenigstens alle. Die
Besucher wurden zu einer zweiten Schlange hinaufbefördert, die vor der Tür zur Krankenstation wartete. Ein gelangweilter Pfleger mit modisch gestutztem Haar kreuzte
die Namen auf einer Liste ab. Als sie an die Reihe kamen,
sagte er:
»Randall? Der liegt nicht hier. Sie müssen sich in der Station
geirrt haben.«
Mr. Kennealy sagte: »Uns wurde F 17 gesagt.«
»Die bringen immer alles durcheinander«, sagte der Pfleger
gleichgültig. »Erkundigen Sie sich lieber noch einmal unten.«
Mr. Kennealy sagte mit ruhiger, aber fester Stimme: »Nein,
rufen Sie dort an. Wir werden unsere Zeit nicht damit ver-

geuden, wieder nach unten zu fahren, nur weil Sie es sagen.«
»Laut Vorschrift . . .«
Mr. Kennealy beugte sich über das Schreibpult. »Lassen Sie die Vorschriften beiseite«, sagte er. »Und rufen Sie an!«
Der Pfleger gehorchte mürrisch. Er benutzte nicht das Visofon, sondern sein Handtelefon. Sie konnten zwar das Geflüster am anderen Ende der Leitung hören, aber nicht verstehen; der Pfleger fragte nach Randall, J., der gestern nachmittag eingeliefert worden sei. Er sagte: »Ja, ich verstehe« und legte auf.
»Na«, sagte Mr. Kennealy, »wo liegt er?«
»Im Leichenschauhaus«, antwortete der Pfleger. »Er wurde heute morgen einer Intensivbehandlung unterzogen und starb an akutem Herzversagen.«
»Das ist unmöglich!« rief Mr. Kennealy.
Rob sah, daß sein Gesicht kreidebleich war. Ihn selbst traf der Schock. Der Pfleger zuckte die Achseln.
»Der Tod ist nie unmöglich. Genauere Auskünfte bekommen Sie im Büro. Der nächste bitte.«

Mrs. Kennealy begleitete Rob, um mit ihm seine Sachen auszusuchen. Sie schimpfte etwas über die Unordnung und fing an aufzuräumen, während er seine Sachen einpackte. Die Möbel würden vermutlich verkauft werden. Rob überlegte sich, ob es wohl möglich sei, den Lehnstuhl zu behalten, auf dem seine Mutter zu ihren Lebzeiten immer abends gesessen hatte. Er hätte Mrs. Kennealy gern gefragt, ob sie Platz dafür habe, wollte sie aber im Augenblick nicht damit belästigen.
Rob ließ sie beim Putzen und Aufräumen des Wohnzimmers allein zurück und ging in das Schlafzimmer seines Vaters. Das Bett war gemacht, aber ein Handtuch lag unordentlich am Fußende, und zwei Pantoffeln standen an den beiden Außenrändern des Bettvorlegers. Auf dem Nachttisch lag ein halbleeres Päckchen Zigaretten, auch ein Glas mit etwas Wasser und das Miniradio standen darauf, dem sein Vater

manchmal nachts gelauscht hatte. Rob erinnerte sich, gelegentlich aufgewacht zu sein und Musik durch die Trennwand gehört zu haben.
Eigentlich konnte er noch immer nicht richtig fassen, was passiert war. Die Plötzlichkeit war genauso erschütternd wie die Tatsache selbst. Seine Mutter war lange Zeit krank gewesen, ehe sie starb – er konnte sich kaum daran erinnern, daß sie jemals nicht krank gewesen war. Ihr Tod war zwar nicht weniger schrecklich gewesen, aber schon mit zehn hatte er gewußt, daß er unvermeidlich war. Sein Vater war hingegen ein kräftiger, tätiger Mann und stets bei bester Gesundheit gewesen. Es schien unvorstellbar, daß er tot war. Er konnte einfach nicht tot sein.
Rob machte den Kleiderschrank auf. Vermutlich würden die Sachen verkauft werden – sie würden Mr. Kennealy nicht passen. Er fühlte, daß ihm die Augen brannten, und zog eine der Schubladen heraus. Noch mehr Sachen. Eine zweite Schublade. Zusammengefaltete Pullover, sowie ein Pappkarton. Darauf stand »Jenny«, der Name seiner Mutter. Er nahm ihn heraus und öffnete ihn.
Als erstes erblickte er ein Foto von ihr. Er hatte nicht gewußt, daß es existierte: Er erinnerte sich, daß sein Vater sie einmal zu überreden versucht hatte, eine Aufnahme von sich machen zu lassen, und sie das abgelehnt hatte. Dieses Foto war ein altmodischer 2 D-Abzug und zeigte sie wesentlich jünger, als er sie gekannt hatte – knapp zwanzigjährig, mit über die Schultern fallendem braunen Haar, statt des kurzgeschnittenen, wie sie es später getragen hatte.
Er betrachtete es lange und versuchte zu erkennen, was sich hinter dem etwas verlegenen Lächeln auf ihrem Gesicht verbarg. Dann hörte er, daß Mrs. Kennealy ihn rief. Er hatte noch Zeit, nachzusehen, was sich sonst noch in dem Karton befand – eine Locke in einer durchsichtigen Hülle und ein von einem Gummiband zusammengehaltenes Bündel Briefe. Er machte den Karton zu und stopfte ihn zu seinen anderen Sachen, ehe er zu Mrs. Kennealy ging, um zu fragen, was sie von ihm wolle.

Rob wurde aus der Geographiestunde zum Büro des Rektors gerufen. Sie waren während der Stunde ohne Lehrer, standen freilich auf dem Hauptschaltbrett unter Fernsehaufsicht; und das Holovisionsgerät führte sie mit einem straffen flotten Kommentar voll nicht sehr witziger kleiner Scherze durch Australien. Die Stimme verstummte, aber das Bild blieb, und nach einem warnenden Pfeifton sagte eine Stimme:
»Randall. Melde dich sofort beim Rektor. Wiederholung. Randall, melde dich im Büro des Rektors.«
Der Kommentar setzte wieder ein. Ein oder zwei Jungen machten ihre eigenen genauso witzlosen Bemerkungen über die möglichen Gründe, warum er zum Rektor zitiert wurde, aber an diesem Vormittag saß Mr. Spennals am Schaltbrett, und die meisten richteten ihre Aufmerksamkeit auf den Holovisionsschirm: Mit diesem Mann war nicht zu spaßen. Außer bei Schulversammlungen hatte Rob den Rektor schon zweimal gesehen; einmal, als er eingeschult worden war, das zweite Mal, als sie sich auf einem Korridor getroffen hatten und er beauftragt worden war, eine Nachricht im Lehrerzimmer abzugeben. Jetzt sah der Rektor Rob so an, als überlege er sich, wer er wohl sei. Das war nicht weiter erstaunlich, denn die Schule zählte fast zweitausend Schüler. Er sagte zögernd: »Randall«, und dann entschlossener: »Randall, das ist Mr. Chalmers von der Erziehungsbehörde.«
Im Gegensatz zu dem hageren Rektor war der zweite Mann breit, hatte einen Backenbart und einen ruhigen wachsamen Gesichtsausdruck. Rob sagte: »Guten Morgen, Sir« zu ihm, und er nickte nur wortlos.
Der Rektor sagte: »Mr. Chalmers hat sich nach dem bedauernswerten Tod deines Vaters mit deinem Fall befaßt. Du hast, wie ich feststelle, nur eine einzige nahe Verwandte, eine Tante, die in ...« er warf einen Blick auf einen Zettel vor sich » ...in der Konurba Sheffield wohnt. Sie ist befragt worden. Leider fühlt sie sich nicht imstande, dir ein Zuhause zu bieten. Es gibt da einige Schwierigkeiten ...mit der Gesundheit ihres Mannes steht es nicht zum besten ...«

Rob schwieg. Es war ihm nicht in den Sinn gekommen, daß dies überhaupt in Betracht gezogen würde.
Der Rektor fuhr fort: »Unter diesen Umständen ist wohl die beste Lösung für dein Problem – ja die einzige Lösung –, dich auf ein Internat zu schicken, wo für dich in jeder Hinsicht gesorgt wird. Wir glauben . . .«
Rob war so überrascht, daß er den Rektor unterbrach.
»Kann ich denn nicht bei den Kennealys bleiben, Sir?«
»Den Kennealys?« Die beiden Männer sahen sich an. »Wer ist das?«
Rob erklärte es. Der Rektor sagte:
»Oh, ich verstehe. Die Nachbarn, die für dich gesorgt haben. Aber auf die Dauer wäre das natürlich nicht das Richtige.«
»Aber sie haben ein freies Zimmer, Sir.«
»Nicht das Richtige«, wiederholte der Rektor mit trockener autoritärer Stimme. »Du wirst auf das Internat in Barnes geschickt. Für den Rest des Tages bist du vom Unterricht dispensiert. Ein Transporter holt dich morgen früh um neun Uhr ab.«

Rob nahm den Omnibus zum Stadion, denn er wußte, daß Mr. Kennealy Dienst hatte. Unterwegs dachte er über die staatlichen Internate nach. Einige sollten nicht so übel sein wie die anderen, aber alle wurden mit einer Mischung aus Verachtung und Angst betrachtet. Sie sorgten für Waisen und Kinder aus gescheiterten Ehen, aber auch für gewisse Typen von jugendlichen Verbrechern. Es gab häßliche Gerüchte über das Leben dort, besonders über das abscheuliche Essen und die strenge Disziplin.
Er ließ Mr. Kennealy ausrichten, daß er ihn sprechen wolle, und Mr. Kennealy kam zehn Minuten später in den Aufenthaltsraum hinaus. Rob hatte auf dem Holovisionsschirm verfolgt, was sich in der Arena abspielte. Gladiatoren kämpften mit elektrischen Ladungen gegeneinander. Dabei benutzten sie leichte, abgestumpfte Kunststoffspeere an getrennten Drähten, die sich auf verschiedenen Höhen und in

verschiedenen Abständen einander näherten. Das Drahtnetz war weitverzweigt und änderte sich während des Kampfes. Der Niederstoß konnte ins Wasser erfolgen oder auf festen Boden, der in diesem Fall mit künstlichen Büschen voll mörderisch-funkelnder Dornen bedeckt war. Der Verlierer wurde immer verletzt, manchmal schwer, gelegentlich tödlich. Drei Männer beteiligten sich am jetzigen Kampf, und einer war bereits gestürzt und mühsam davongehumpelt. Die beiden verbliebenen schwenkten die Speere und stachen in dem bläulichen Licht, das von der augenblicklich das Stadion überspannenden Wetterwand herabfiel, aufeinander ein. Mr. Kennealy sagte: »Na, Rob, warum bist du nicht in der Schule?«
Rob erzählte ihm, was geschehen war. Mr. Kennealy hörte stumm zu. Rob schloß: »Sie sagten, daß ich nicht bei Ihnen bleiben könnte, aber das stimmt nicht, oder?«
Mr. Kennealy sagte bedrückt: »Wenn das die Vorschriften sind, können wir nichts dagegen unternehmen.«
»Aber Sie könnten sie doch aufsuchen – Sie könnten sich für mich einsetzen.«
»Das würde nichts nützen.«
»Im vergangenen Jahr war ein Junge in der Schule – Jimmy McKay. Seine Mutter lief davon, und sein Vater schaffte es nicht allein. Da kam Jimmy zu Mrs. Pearson in Ihrem Wohnblock, und er wohnt immer noch dort.«
»Vielleicht haben die Pearsons ihn adoptiert.«
Rob fragte: »Könnten Sie das nicht auch tun? Ich meine, mich adoptieren?«
»Nicht ohne die Zustimmung deiner Tante.«
»Aber die will mich doch gar nicht haben. Das hat sie jedenfalls gesagt.«
»Das heißt aber noch nicht, daß sie bereit ist, dich abzutreten. Sie denkt vielleicht, daß sich die Dinge später ändern werden, so daß sie dich zu sich nehmen kann.«
»Man könnte sie doch fragen? Ich bin ziemlich sicher, daß sie damit einverstanden sein wird.«
»So einfach ist das nicht.« Er machte eine Pause, und Rob

wartete darauf, daß er weiterredete. »Meiner Ansicht nach ist es wohl das Beste für dich. Du bist dort sicherer aufgehoben?«
»Sicherer? Wieso?«
Mr. Kennealy wollte etwas sagen, schüttelte aber dann nur den Kopf.
»Besser versorgt. Und unter Jungen deines Alters. Meine Frau und ich sind zu alt, um einen Jungen wie dich bei uns aufzunehmen.«
»Sie haben ›sicherer‹ gesagt«, beharrte Rob.
»Ich habe mich nur versprochen.«
Eine Stille trat ein. Mr. Kennealy wich Robs Blicken aus. Rob glaubte, die Wahrheit der ganzen Sache zu erkennen. All diese Ausflüchte waren nur Versuche, den Kernpunkt zu verbergen: Die Tatsache, daß die Kennealys ihn nicht haben wollten. Er fühlte sich ein wenig so wie damals, als Mr. Kennealy seinen Vater nicht gegen den Mann verteidigt hatte, der behauptete, sein Vater sei selbst an seinem Tod schuld; aber diesmal war es eher ein Gefühl der Verzweiflung als des Ärgers.
Er sagte: »Ja, Mr. Kennealy.«
Er hatte sich abgewandt. Da wurde er bei den Schultern gepackt, und Mr. Kennealy starrte ihm in die Augen.
»Es ist nur zu deinem Besten, Rob«, sagte er. »Glaub mir das. Ich kann es dir nicht erklären, aber es ist nur zu deinem Besten.«
Auf dem Holovisionsschirm machte der eine einen Ausfall, der andere parierte und stieß zurück, und der erste stürzte komisch rücklings in die Dornen. Rob nickte. »Ich sollte jetzt wohl lieber heimgehen und meine Sachen packen.«

Eine Schande für dieses Haus

Das Internat lag auf einem von einer Windung der Themse eingefaßten Grundstück. Das Hauptgebäude einschließlich der Sportanlagen und der meisten Klassenzimmer war im Stil des späten 20. Jahrhunderts erbaut, sachlich und ausgedehnt. Die Wohnhäuser, die sich im inneren Umkreis aneinander reihten, waren jüngeren Datums, innen karg eingerichtet, aber außen buntbemalt und verziert. Rob wurde in das G-Haus eingewiesen, das pastellblau mit breiten orangegefarbenen Querstreifen gestrichen war.
In den ersten Tagen war er zu verwirrt, um außer einem Eindruck ständiger Aktivität viel in sich aufzunehmen. Der Tag war bis zum Rande gefüllt. Lautsprecherwecker klingelten um halb sieben in den Schlafsälen, und eine Hetze begann beim Waschen und Anziehen, um bis sieben Uhr auf den Sportplätzen zu sein. Sie waren fast fünfhundert Meter vom G-Haus entfernt – nur vom H-Haus war der Weg noch weiter. Man mußte bei feuchtem Wetter hinrennen, ein flatterndes Cape um die Schultern. Nach der Ankunft fand der Appell statt. Wer zu spät kam, und sei es auch nur um eine halbe Minute, wurde aufgeschrieben und abends zum Strafturnen verknackt.
Der halben Stunde Morgengymnastik folgte theoretisch eine halbe Stunde Freizeit bis zum Frühstück um acht Uhr. Aber man lernte schon bald die Notwendigkeit, vor dem Speisesaal Schlange zu stehen, denn das Essen war nicht nur minderwertig und schlecht zubereitet, sondern reichte niemals für alle. Für diejenigen am Ende der Schlange wurde der fürchterliche klumpige Porridge mit heißem Wasser noch mehr verdünnt, gab es nur noch eine halbe Portion wiederaufgewärmte Eier oder eine halbe Frikadelle und manchmal nicht einmal mehr ein Stück Brot. Die älteren Jungen drängten sich in letzter Minute vor; den jüngeren blieb nichts anderes übrig, als Schlange zu stehen.
Der Vormittagsunterricht dauerte von Viertel vor neun bis

halb eins, dann war eine Pause für Mittagessen und erneutes Schlangestehen. Nachmittags hatten sie Sport – wieder Turnen bei schlechtem Wetter – bis zum Tee um halb fünf. Dann kam der Abendunterricht von fünf bis sieben, danach hatte man bis zum Schlafengehen um neun Uhr frei. Frei, das hieß, wenn man kein Strafturnen aufgebrummt oder eine von hundert Arbeiten aufgehalst bekommen hatte, die einem von den Präfekten oder anderen älteren Schülern abverlangt wurden.
Rob sank jeden Abend erschöpft ins Bett und schlief tief auf einer knubbeligen dreiteiligen Matratze, die auf den Metallstäben seines niedrigen Bettes lag.
Allmählich nahm er seine Umgebung wahr. In seinem Schlafsaal waren dreißig ungefähr gleichaltrige Jungen. Er merkte in der ersten Nacht, daß irgend etwas am anderen Ende vorging, hörte Stimmen und Schmerzensschreie, war aber zu müde, um weiter darauf zu achten. In der nächsten Nacht geschah es wieder, und er stellte fest, daß größere Jungen da waren und daß einer der kleineren Jungen gequält wurde. D'Artagnan, dachte er, wäre nicht still im Bett liegen geblieben. Er hätte etwas unternommen – die Schinder angegriffen. Auch die Ausrede taugte nicht viel, daß ihm weder Porthos noch Athos noch Aramis zur Seite standen und keine Aussicht bestand, sie unter der unfreundlichen Jungenschar im Schlafsaal zu finden. D'Artagnan hätte auch allein gehandelt. Schließlich verschwanden die Quälgeister. Er konnte den Jungen schluchzen hören, nachdem sie gegangen waren, und schlief mit diesem Geräusch in seinem Ohr ein.
Er fragte am nächsten Tag einen strohblonden blassen Jungen namens Perkins danach, als sie vor dem Klassenzimmer warteten.
»Meinst du Simmons? Er bekam nur die Routine verpaßt.«
»Die Routine?«
Perkins erklärte es ihm: Es war die übliche Quälerei eines Neulings.

Rob sagte: »Ich bin doch auch neu hier, und mir haben sie noch nichts getan.«
»Zu neu. In den ersten drei Wochen lassen sie dich in Ruhe. Aber du kommst noch an die Reihe.«
»Was tun sie denn mit einem? Was haben sie mit dir gemacht?«
»Allerlei«, sagte Perkins. »Das Schlimmste war die Schnur, die sie mir um die Stirn banden und dann zuzogen. Ich dachte, mir würden die Augen aus den Höhlen quellen.«
»Hat es sehr weh getan?«
»Und ob es wehgetan hat! Ich will dir einen Tip geben: Schrei ein bißchen! Wenn du nicht schreist, triezen sie dich so lange, bis du es tust. Und wenn du zu laut schreist, machen sie auch weiter. Wenn du nur ein bißchen schreist, ödet es sie an.«
Sie gingen ins Klassenzimmer – Maschinenlehre. Der Lehrer war ein kleiner, gepflegter, grauhaariger Mann, der seinen Vortrag schnell und mechanisch herunterleierte. Er behandelte den Raketenantrieb und schob dabei ein Dia nach dem anderen durch den Projektionsapparat. Er forderte in einer Art auf, Fragen zu stellen, die nicht gerade dazu ermunterte, das auch zu tun, aber Rob fragte dennoch: »Der Raketenantrieb wird nicht mehr oft angewandt, oder, Sir?«
Der Lehrer sah ihn ziemlich erstaunt an. Er sagte: »Kaum noch. Natürlich beim Terrafliegen, aber eigentlich bei nichts Nützlichem.«
»Er sollte doch in erster Linie der Weltraumerforschung dienen, nicht wahr, Sir?«
»Ja.«
»Warum wurde die denn eingestellt? Menschen landeten auf dem Mond und versuchten, den Mars zu erreichen.«
Der Lehrer machte eine Pause, ehe er antwortete: »Sie wurden eingestellt, weil sie sinnlos war, Randall. Du heißt doch Randall? Milliarden von Pfunden wurden für völlig nutzlose Projekte vergeudet. Bei uns haben nun andere Dinge Vorrang. Unsere Ziele sind das Glück und das Wohlbefinden der Menschheit. Wir leben in einer gesünderen, geordnete-

ren Welt als unsere Vorfahren. Wenn du jetzt deine Eitelkeit durch diese Unterbrechung befriedigt hast, wollen wir den Unterricht fortsetzen. Eine wesentlich nützlichere Erfindung, die immer noch in verbesserter Form angewandt wird, ist der Düsenantrieb. Ursprünglich ...«
Einige der anderen Jungen sahen ihn angeekelt an. In seiner alten Schule machte man sich unbeliebt, wenn man Fragen stellte. Rob erkannte, daß es hier wahrscheinlich noch schlimmer war.
Er überlegte sich, ob die Welt wirklich so viel glücklicher war als in der Vergangenheit. Niemand verhungerte, das stimmte, und der einzige Krieg fand im fernen China statt. Keiner brauchte mitzukämpfen, wenn er sich nichts zuschulden kommen ließ und es nicht wollte. Es gab Holovision und die Spiele, die Karnevals – lauter Vergnügungen. Natürlich auch Unruhen, aber sie wurden schnell unterdrückt, und meistens konnten die Leute sich ihnen fernhalten. Viele schienen ihr Leben zu genießen. Was der Lehrer gesagt hatte, traf wahrscheinlich zu.
Er kehrte zu wichtigeren Überlegungen zurück und dachte an das, was Perkins ihm gesagt hatte. Ein Trost, daß sie einen drei Wochen in Ruhe ließen. Er war erst seit vier Tagen hier.

Das Wetter war stürmisch und regnerisch gewesen, als Rob ins Internat kam. Dann folgten mehrere warme, klare Tage, eher wie im Sommer als im Frühling. Am Abend des zweiten Tages gelang es ihm, einer Gruppe von Präfekten auf der Suche nach Arbeitssklaven zu entwischen, und er ging am Rande der Sportplätze – vermutlich war es verboten, sie zu überqueren, und auf alle Fälle wäre er dabei aufgefallen – zum Fluß.
Er wunderte sich, daß es sonst keiner tat. Vielleicht war auch das verboten, aber er war bereit, es zu riskieren, um eine Stunde in Frieden und Einsamkeit zu verbringen. Außerdem hatte er schon vor langem festgestellt, daß die meisten Menschen – Jungen oder Erwachsene – nicht gern allein wa-

ren. Er genoß im allgemeinen seine eigene Gesellschaft, und augenblicklich ganz besonders.
Er hatte ein Buch mitgenommen und, aus einem Impuls heraus, das Foto seiner Mutter und das Bündel Briefe. Das Buch war eines der beiden, die er sich in der öffentlichen Bibliothek ausgeliehen hatte. Er hatte keine Zeit gehabt, sie zurückzugeben, ehe er die Kennealys verließ, und wußte nicht, wie er das jetzt anstellen sollte. Die Bibliothek war zehn Kilometer entfernt, und die Jungen durften das Grundstück des Internats nicht ohne eine Sondererlaubnis verlassen – die jüngeren Schülern nie erteilt wurde. Rob nahm an, daß er die Bücher abliefern müsse, damit das Internat sie zurückschicken könne.
Aber er sah sich zu keiner Eile veranlaßt, denn so weit er feststellen konnte, waren sie unersetzlich. In dem Internat gab es keine Bibliothek, keine Bücher außer denen, die bei verschiedenen visuellen Lehrmethoden benutzt wurden. Er hatte nicht eigentlich gehofft, daß es hier Bücher geben würde, aber die Wirklichkeit war dann doch ein Schlag für ihn. Er las seine beiden entliehenen Bücher möglichst langsam, um die Freude an ihrer Lektüre in die Länge zu ziehen. Das eine hatte den Titel »Der Napoleon von Notting Hill« und spielte in einem viktorianischen London, in dem sich Armeen von Lokalpatrioten erbitterte Schlachten in gasbeleuchteten Straßen lieferten. Natürlich war alles reine Fantasie. Sogar vor hundertfünfzig Jahren war London schon eine riesige moderne Stadt gewesen, in der das alles nicht möglich gewesen wäre. Aber die Vorstellung machte Spaß. Er dachte an die heutigen Kämpfe zwischen den Anhängern der verschiedenen Terraflugvereine. Aber das war nicht das gleiche. Eine Gemeinde war etwas, für das es sich zu kämpfen lohnte. Rob las ein halbes Dutzend Seiten und klappte das Buch am Ende eines Kapitels zu.
Er betrachtete statt dessen das Foto und wunderte sich über das Lächeln. Er hatte seine Mutter nicht nur als Kranke, sondern auch als Unglückliche gekannt. Sie hatte nur wenige Bekannte und keine Freunde. Rob nahm das Bündel

Briefe in die Hand. Allein schon ihr Vorhandensein war ein Bindeglied zur Vergangenheit. Niemand schrieb heute noch Briefe. Wenn die Leute nicht miteinander visiphonierten, schickten sie sich Phonogramme. Es war merkwürdig, und merkwürdig erfreulich, sich vorzustellen, daß jemand bedächtig und sorgfältig Worte zu Papier brachte, um sie einem anderen zu schicken.
Er hatte schon früher mit dem Gedanken gespielt, sie zu lesen, dann aber doch davon abgesehen. Es waren Privatbriefe: Vermutlich hätte er sie wegwerfen, in den nächsten Müllschacht stecken sollen. Er riß das Gummiband herunter und nahm den obersten Umschlag in die Hände. Sie waren beide tot und hatten ihn allein zurückgelassen. Behutsam zog er die Bogen Papier heraus, entfaltete sie und begann zu lesen.
Wie er vermutet hatte, waren es Liebesbriefe. Nicht deshalb wollte er sie lesen. Es war seine Absicht, vielleicht durch sie der Erinnerung an seine Mutter näherzukommen, ihr Lächeln auf dem Foto zu verstehen. Dieser Brief war dabei freilich keine große Hilfe. Er war konventionell, sagte dem Mann, wie sehr sie ihn liebte, wie langsam die Tage vergingen, ehe sie hoffen durfte, ihn wiederzusehen. Rob empfand eine gewisse Enttäuschung. Er faltete den Brief wieder zusammen, um ihn in den Umschlag zu stecken, als ihm etwas in die Augen sprang. Die Adresse über dem Brief: White Cottage, Shearam, Glos. »Glos«, war die Abkürzung von Gloucestershire. Und Gloucestershire lag im Landkreis.
Er sah die anderen Briefe durch, die das bestätigten. Seine Mutter war im Landkreis geboren. Sie hatte seinen Vater kennengelernt, als er dort einen Sonderauftrag ausführen sollte – es mußte damals noch eine Verbindung zwischen Landkreis und Konurba bestanden haben –, sich in ihn verliebt und war in die Stadt gekommen, um ihn zu heiraten.

In der Holovision wurde der Landkreis nie erwähnt, aber Rob hatte schon davon reden hören, meistens mit einer Mischung aus Neid und Verachtung. Der Landadel lebte im

Landkreis, der Landadel und seine Dienerschaft. Es gab dort auch andere Leute, die Pendler, die beruflich in den Konurbas arbeiteten, aber ihren festen Wohnsitz im Landkreis hatten. Ärzte, Rechtsanwälte, ältere Beamte, Fabrikdirektoren gehörten zu dieser Kategorie. Einige flogen jeden Abend mit ihren Privathubschraubern zurück, andere nur zum Wochenende.

Diejenigen, die ständig in den Konurbas lebten, verspürten keinen Wunsch, die Grenze zu jener anderen Welt zu überschreiten. Sie hatten ihre guten Gründe dafür. Das Leben im Landkreis sollte schrecklich eintönig sein. Es gab dort keine Spiele und keine Holovision. Keine Städte, keine Tanzlokale oder Lunaparks, keine taghelle Beleuchtung. Nur Felder und Dörfer und ein paar Kleinstädte. Pferde, die in den Konurbas nur auf den Rennbahnen zu sehen waren, dienten als allgemeines Beförderungsmittel. Nur die Pendler benutzten Hubschrauber, um hinaus und hinein zu gelangen. Alles vollzog sich langsam, ohne Eile, langweilig. Es gab weder Elektroautos noch Omnibusse noch Einspurbahnen.

Schlimmer als alles andere war die Tatsache, daß es dort kein Gemeinschaftsleben im Sinne der Konurbaner gab. Es gab keine Menschenmengen, kein Gefühl, Teil einer lärmenden Masse zu sein, in der man sich gegenseitig Sicherheit und Zuversicht verlieh. Die Konurbaner waren gesellige Herdentiere, die sich über die Gesellschaft anderer freuten. Am Meer waren die wirklich beliebten Strände diejenigen, an denen man wie Sprotten zusammengepackt war, so daß man den Sand zwischen den liegenden oder sitzenden Körpern kaum sehen konnte. Im Landkreis gab es, wie man wußte, leere Felder, die sich bis zum Horizont erstreckten, Küsten, an denen der einzige Laut das Kreischen der Möwen war, Moore, durch die ein Mensch – welch schrecklicher Gedanke – stundenlang gehen konnte, ohne jemanden zu treffen.

Rob hatte von diesen Mängeln gehört. Der Landadel war vermutlich daran gewöhnt. Er lebte müßig, mehr von seinen

Kapitalanlagen als von der Arbeit. Das mochte beneidenswert sein (obwohl die Arbeitswoche in den Konurbas nur zwanzig Stunden betrug), aber nicht das, was damit zusammenhing. Das Leben des Landadels war langweilig, weil seine Mitglieder nur halb lebten. Sie kannten keine Aufregung, nicht den »Schwung«, der das Leben in den Konurbas charakterisierte. Und was die Pendler betraf, so mochten sie zwar Bosse sein, aber in Wirklichkeit waren sie nur Abhängige, die Bessergestellte nachäfften. Es war irgendwie krumm und unehrlich, in zwei Welten zu leben. Die Konurbaner waren stolz auf ihre eigene Geradlinigkeit.

Ansichten wie diese waren Rob bekannt, obwohl ihm jetzt einfiel, daß er seine Eltern solche nie hatte äußern hören. Er hatte sie auch nie herausgefordert, obwohl er nicht in allem mit ihnen einer Meinung war. Die Vorstellung jener öden Felder, der menschenleeren Moore und Strände besaß etwas Reizvolles. Aber er behielt seine Gefühle für sich.

Er erinnerte sich an etwas anderes. An die tiefste Verachtung für diejenigen, die als Bedienstete im Landkreis lebten und dem Landadel aufwarteten. Ihre Unterwürfigkeit wurde als äußerst verwerflich angesehen. Ihm wurde klar, warum seine Mutter und sein Vater den Landkreis nie erwähnt hatten. Seine Mutter hatte offensichtlich nicht dem Landadel angehört: also mußte sie aus der dienenden Klasse stammen. Es war ein Schock für ihn, ein großer Schock. Er schämte sich und wurde dann unerklärlicherweise wütend. Seine Mutter war nicht unterwürfig gewesen. Sanftmütig, das ja, aber auch tapfer, besonders in den letzten Jahren ihrer Krankheit. Wenn sie sich darin irrten, so konnten sie sich auch in anderen Dingen irren. Er erkannte mit geringerem Schock, daß er die anderen Konurbaner als *sie* bezeichnete – sie als andersgeartet betrachtete.

Am Samstagvormittag wurde nicht unterrichtet, aber das war noch kein Grund, sich auf diesen Tag zu freuen, denn statt dessen fand die wöchentliche Schulinspektion statt. Der Freitagabend wurde einem gründlichen Aufräum- und

Putzprogramm gewidmet, das von den Präfekten überwacht und am Samstag nach dem Frühstück fortgesetzt wurde. Die Inspektion durch den Zuchtmeister begann um elf Uhr und dauerte ungefähr anderthalb Stunden. Zum Gefolge des Zuchtmeisters gehörten die Präfekten, die die Namen derjenigen aufschrieben, die gegen die Vorschriften verstoßen hatten, um sie später zu bestrafen.
Bei der ersten Samstagsinspektion wurde Rob wegen seines unordentlichen Bettes getadelt, ging aber als Neuling nach der Ermahnung, es künftig besser zu machen, straffrei aus. Die drei Teile der Matratze mußten sorgfältig aufeinandergestapelt und verschiedene Kleidungsstücke und andere Sachen – Sonntagsjacke, Ersatzschuhe, Toilettenartikel, Sporttrikot und so weiter – in einer bestimmten Ordnung darauf gelegt werden. Am Fußende des Bettes mußten die auf ein vorgeschriebenes Maß zusammengefalteten Decken liegen, sowie die frischen Laken und der Kopfkissenbezug für die kommende Woche. Alle anderen Sachen sollten ordentlich in dem Spind neben dem Bett aufbewahrt werden.
In der zweiten Woche gehörte er am Freitag der Arbeitsgruppe an, die den Auftrag erhalten hatte, den Boden des Schlafsaals zu schrubben und die Wasserhähne und andere Installationen im Waschraum zu polieren. Am Samstagmorgen wurde er gleich nach dem Frühstück denjenigen zugeteilt, die Papierschnitzel aufzusammeln hatten, die um das ganze G-Haus herumlagen. Er wurde erst um halb elf entlassen und spurtete mit den anderen davon, um seine eigene Bettdecke aufzuräumen. Aber auf der Treppe erwischte ihn ein älterer Junge und zwang ihn, ihm beim Zurechtlegen seiner Sachen zu helfen. Er machte es schludrig und mußte es wiederholen. Es war elf Uhr, ehe er laufengelassen wurde.
Alle anderen Betten waren schon fertig. Aber ich habe noch Zeit, dachte er, während er sich fieberhaft an die Arbeit machte. Am vergangenen Samstag war die Inspektionsgruppe erst nach zwölf Uhr zu ihnen gekommen. Er faltete

die Decken, war mit dem Ergebnis nicht zufrieden und versuchte es nochmals. Der zweite Versuch fiel noch schlechter aus als der erste. Er hatte inzwischen das Gefühl, daß seine Finger immer ungeschickter würden, machte es von neuem; zwar besser, aber die Ränder lagen nicht genau übereinander. Er mußte wieder von vorne anfangen.
Die anderen Jungen knobelten und unterhielten sich. Dann rief der Junge, der oben an der Treppe Wache hielt: »Stellt euch neben eure Betten! Sie kommen!«
Irgendwie gelang es Rob noch, die vorgeschriebenen Artikel auszubreiten. Ein paar Sachen von ihm lagen auf dem Wandregal über den Betten. Das mußte bei der Samstagsinspektion leer sein. Er raffte alles zusammen, stopfte es in den Spind, machte ihn zu, verriegelte ihn und stand stramm neben seinem Bett, als der Zuchtmeister und die Präfekten den Schlafsaal am anderen Ende betraten.
Nur ein Junge erhielt wegen einer fehlenden Zahnbürste einen Tadel, als sie die Reihe entlang schritten. Es herrschte eine ermutigend gute Laune: Der Zuchtmeister riß einen Witz, und alle Präfekten lachten darüber. Zwei Betten von Rob entfernt blieb der Zuchtmeister stehen, um ein Wort der Anerkennung zu sagen. »Ausgezeichnet. Du hast dir wirklich Mühe gegeben.« Am nächsten Bett ging er mit flüchtigem Blick vorbei und pflanzte sich vor Robs auf.
Er war ein kleiner Mann, kleiner als sämtliche Präfekten, und sah mit seinem dichten, kurzgestutzten schwarzen Bart tadellos gepflegt aus. Er hatte die Hände auf dem Rücken verschränkt und beugte den Kopf vor. Er nickte kurz, was Rob so deutete, daß sein Bett die Musterung bestanden hätte. Dann sagte er ruhig: »Du bist doch der Neue. Ich habe dich vorige Woche bemerkt. Ich erinnere mich, dir gesagt zu haben, daß deine Decken nicht richtig zusammengefaltet seien.«
»Ja, Sir.«
»Das sind sie immer noch nicht, oder?« Er streckte einen dünnen Spazierstock mit Silberknauf aus und zeigte darauf.
»Ja, sie sehen noch schlampiger aus.«

Der Stock zeigte auf die Schuhe.
»Auch unordentlich. Die Kanten sollten sich berühren, die Fußspitzen auf gleicher Höhe sein.« Das Stockende kippte einen Schuh um. »Und was ist das? Zwischen Absatz und Sohle ist nicht geputzt? Du kennst doch die Vorschriften: Der Oberschuh sowie die Fläche zwischen Absatz und Sohle müssen auf Hochglanz poliert sein. Also?«
»Ich hatte keine Zeit, Sir!«
»Keine Zeit! Du bist schon über eine Woche hier.« Er starrte Rob an. »Wie heißt du, Junge?«
»Randall, Sir.«
Resigniert sah Rob zu, wie der Präfekt in sein Notizblockmikrofon sprach. Jedenfalls war es jetzt überstanden, und sie würden weitergehen. Aber das taten sie nicht.
Der Zuchtmeister sagte:
»Randall, ich habe bei dir ein ungutes Gefühl. Ich habe das Gefühl, daß du ein fauler und unordentlicher Junge bist. Laß dir gesagt sein, daß wir keine dieser Eigenschaften in dieser Schule dulden. Hast du mich verstanden?«
»Ja, Sir.«
Kalte blaue Augen musterten ihn. Er muß jetzt weitergehen, dachte Rob. Doch statt dessen sagte der Zuchtmeister: »Mach deinen Spind auf.«
»Sir, ich konnte ihn nicht . . .«
»Aufmachen, Randall!« Rob schob den Riegel zurück und öffnete die Tür. »Tritt beiseite!«
Es sah darin schlimmer aus, als Rob erwartet hatte: Die Sachen häuften sich in wirrem Durcheinander übereinander. Mit immer noch ruhiger Stimme sagte der Zuchtmeister: »Das ist eine Schande. Eine richtige Schande.«
Er trat näher und zog mit der Krücke seines Stockes den ganzen Wust heraus.
»Eine Schande«, wiederholte er. Er stocherte mit dem Stock darin herum. »Und was ist das? Was ist das, Randall?«
»Ein Buch, Sir.«
»Nicht eins, sondern zwei. Gehören Bücher zu den Dingen, die im Spind aufbewahrt werden dürfen?«

»Das weiß ich nicht, Sir.«
»Du hast dich also noch nicht mit den Schulregeln vertraut gemacht?«
»Es sind Bücher aus der Leihbibliothek. Ich wollte sie ...«
»Bücher aus der Leihbibliothek«, sagte der Zuchtmeister. Er piekste verächtlich auf eines. »Gegenstände, die von einer ungewaschenen Hand zur anderen wandern. Schmutzige, unhygienische Dinge. Fallen für Bakterien. Du ekelst mich an, Randall.« Die Ruhe war aus seiner Stimme gewichen, die nun scharf und zornig klang. »Du bist eine Schande für dieses Haus und für diese Schule. Bentley!«
Der Präfekt mit dem Notizblockmikrofon sagte: »Ja Sir?«
»Sorgen Sie dafür, daß diese Dinge entfernt und verbrannt werden.«
Rob sagte: »Aber, Sir, die Bibliothek ...«
Die blauen Augen starrten ihn an. Der Zuchtmeister sagte: »Eine Schande. Ich bin sicher, daß deine Mitschüler sich deiner genauso schämen wie ich. Und ich hoffe, daß sie dich das fühlen lassen. Heb jetzt deinen übrigen Krempel auf und bring ihn in Ordnung.«

Er mußte sich gleich nach dem Mittagessen im Präfektenzimmer melden und erhielt dort seine Strafe. Er bekam für den ganzen nächsten Monat allabendlich einen Extradienst aufgebrummt. Bentley sagte ihm das eiskalt und wandte sich ab, um ihm zu bedeuten, daß er verschwinden solle. Die Jungen im Schlafsaal hatten das Stichwort des Zuchtmeisters bereits übernommen: Keiner sprach mehr mit ihm. Als er Perkins auf der Treppe begegnete, ging der strohblonde Junge an ihm vorbei, als wäre er Luft für ihn.
Es war unangenehm, für ihn vielleicht weniger als für andere, denn er hatte nie ganz das typische konurbanische Bedürfnis geteilt, als Mitglied einer Gruppe anerkannt zu werden. Es war zwar nicht leicht, darüber zu lachen, aber er hoffte, es ertragen zu können. Am gleichen Abend mußte er seine erste Strafschicht antreten. Es war die sinnlose Arbeit,

alle lockeren Steine aufzuheben, die er in der Umgebung des Hauses finden konnte, und sie an einer bestimmten Stelle zu stapeln. Es wurde ihm bedeutet, daß er dabei aus dem Fenster des Präfektenzimmers beaufsichtigt würde und er sich deshalb tüchtig ins Zeug legen sollte. Als die Glocke zum Schlafengehen läutete, fühlte er sich völlig erschöpft. Er zog sich aus, wusch sich, putzte sich die Zähne und kletterte ins Bett, als das Licht ausging. Er konnte schlafen und die Dinge ein paar Stunden lang vergessen.

Während er allmählich in Schlaf sank, drangen Schritte vom anderen Ende des Schlafsaals zu ihm herüber. Vage dämmerte es ihm, was es sein müsse – ältere Jungen auf dem Weg zur Routine. Nicht zu ihm: Die drei Wochen Schonzeit für Neulinge waren noch längst nicht verstrichen. Er dachte wieder an d'Artagnan, fühlte sich jedoch noch weniger veranlaßt, seinem Beispiel zu folgen. Er hatte selbst schon genug Scherereien. Dann näherten sich die Schritte, und Lichtstrahlen blendeten ihn. Er setzte sich auf.

Zwei von ihnen hatten Taschenlampen, ein dritter einen tragbaren Lumiglobus, den er auf Robs Spind stellte. Insgesamt waren sie zu siebt oder acht; das ließ sich im Halbdunkel nicht richtig erkennen. Einer sagte: »Du bist eine Schande, Randall. Oder etwa nicht?«

Vermutlich waren sie auf der Suche nach irgendeinem Opfer. Wenn er tat, was sie wollten, gingen sie vielleicht weiter.

»Ja«, sagte er.

»Ja was?«

»Ja, Sir.«

»Das ist schon besser. Sprich mir nach: ›Ich weiß, daß ich eine Schande bin und schäme mich deswegen‹.«

Rob wiederholte die Worte mechanisch. Der Junge sagte: »Ich bitte das Haus um meine Bestrafung, denn ich weiß, daß ich sie verdient habe.«

»Ich bin schon bestraft worden«, sagte Rob. »Mit einem Monat Extradienst.«

»Das reicht nicht. Das reicht nicht dafür, schmutzige infi-

zierte Bücher in dieses Haus zu bringen. Außerdem war das nur die Schulstrafe. Du hast eine Hausstrafe nötig. Oder etwa nicht?«
Rob antwortete nicht.
»Stumme Aufsässigkeit. Das macht die Sache noch schlimmer. Es sieht ganz danach aus, daß er eine Routine nötig hat. Eine Sonderroutine.«
Es hat keinen Sinn, dachte Rob, etwas darauf zu erwidern. Er starrte stumm die Gesichter an, die sein Bett umringten.
»Andererseits solltest du die Routine erst dann verpaßt bekommen, wenn du drei Wochen hier bist. Und du hast zugegeben, daß du dich deiner schämst. Wir könnten deshalb die Sache vorläufig auf sich beruhen lassen. Zeige uns nur, daß du dich wirklich schämst, daß es dir wirklich leid tut, so ekelerregend zu sein. Steh auf, knie nieder und küsse unsere Füße. Fang bei meinen an.
Rob starrte sie immer noch an.«
Sein Schinder sagte: »Na, wie stehts damit, Randall?«
Rob schüttelte den Kopf: »Nein.«
»Das wirst du bereuen. Na schön. Dann wenden wir eben die Routine an.«
Rob wehrte sich, aber sie fesselten ihn mühelos. Ihre im Schein des Lumiglobus verzerrten Gesichter grinsten ihn an. Einer sagte: »Wo ist der Hammer? Wollen wir ihm nicht etwas Anstand einhämmern?«
Ihnen gefiel der Vorschlag. Der Hammer, der zum Vorschein kam, war nicht besonders groß und sein Kopf nicht aus Metall, sondern Hartgummi. Er wurde einige Augenblicke vor seinem Gesicht geschwungen, dann traf er recht wuchtig seine Stirn. Das Gefühl war eher unangenehm, als schmerzhaft. Die Schläge landeten in regelmäßigem Rhythmus. Nach einer Weile fing es an wehzutun. Rob zuckte zusammen, und einer von ihnen sagte:
»Wir scheinen ihn allmählich weich zu kriegen. Bist du jetzt bereit, uns die Füße zu küssen?« Rob schüttelte den Kopf, und der Hammer landete an einer anderen Stelle. »Dann wollen wir lieber weitermachen.«

Schon bald tat es sehr weh. Ihm fiel Perkins Rat ein, ein bißchen zu schreien; aber er konnte es genauso wenig über sich bringen, wie vor ihnen niederzuknien. Er knirschte mit den Zähnen und drehte den Kopf etwas zur Seite. Der Hammer traf ihn an einer anderen Stelle, eine kleine Erleichterung, die aber nicht lange anhielt.
Der Schmerz wurde zu einer einzigen großen Pein mit kleinen schärferen Stichen. Die Stimmen und Gesichter wurden verschwommener; sein Verstand konzentrierte sich auf den Schmerz. Er hörte und hörte nicht auf – wie ein grausamer endloser Alpdruck. Rob glaubte, ohnmächtig zu werden, ja er hoffte darauf, aber der Schmerz riß ihn zurück. Schließlich stieß er unfreiwillig einen Schmerzensschrei aus. Das Hämmern brach ab. Jemand sagte: »Das reicht für heute. Morgen abend werden wir die Behandlung fortsetzen.«
Der Lumiglobus wurde fortgenommen. Die Stimmen und Schritte entfernten sich durch den Schlafsaal. Robs Kopf schmerzte heftig. An Schlaf war nicht zu denken. Morgen abend ... Und am Abend danach? Nachdem sie einmal angefangen hatten, war kein ersichtlicher Grund vorhanden, warum sie je damit aufhören sollten.
Er versuchte, sachlich nachzudenken, was ihm bei den Kopfschmerzen nicht leicht fiel. Er würde bis zum Abschlußexamen auf dem Internat bleiben, bis er also siebzehn war. Noch vier Jahre. Auch wenn die Mißhandlung aufhörte, gab es noch all die anderen Dinge. Kein Zuhause, zu dem er heimkehren konnte, kein Privatleben, keine Bücher. Die Einrichtung an sich war schon schlimm genug: sich daran zu gewöhnen wäre noch schlimmer. Es war besser, sich quälen zu lassen, als selbst ein Schinder zu werden.
Wenn es ihm gelingen sollte, auszubrechen, wohin könnte er dann gehen? Zu seiner Tante – die Konurba Sheffield war weit weg, und es gab keinen Grund zur Annahme, daß sie ihm helfen würde. Zu den Kennealys war es näher. Aber auch dort bestand keine Hoffnung. Da Mr. Kennealy nicht bereit gewesen war, ihn damals zu sich zu nehmen, so würde er es bestimmt jetzt nicht tun, wenn das Scherereien mit den

Behörden wegen eines Jungen mit sich brachte, der aus einem staatlichen Internat ausgebrochen war.
Wohin sonst? Sollte er versuchen, allein zu leben? Aber wie? Vielleicht war es möglich, sich ein oder zwei Wochen vor der Polizei zu verstecken, indem er im Freien oder in verlassenen Häusern schlief, aber auf die Dauer ging das nicht. Das wenige Geld, das er besaß, würde rasch verbraucht sein, und es gäbe keine Mittel und Wege, sich neues zu verschaffen, es sei denn er schlösse sich einer Verbrecherbande der Unterwelt an. Und wahrscheinlich wollten nicht einmal die ihn haben.
Man konnte sich nicht in der Masse der Durchschnittsmenschen verbergen. Jeder hatte einen bestimmten Platz in der Gesellschaft, eine Aufgabe, dank der er identifiziert werden konnte. Es gab keinen Schlupfwinkel in den wimmelnden Straßen der Konurbas. Das war eine hoffnungslose Einbildung.
Die Konurbas ... Er setzte sich im Bett auf, und sein Kopf schmerzte noch stärker. Der Einfall war schockierend, undenkbar nach den Maßstäben der Welt, die er kannte, aber gleichzeitig aufregend. Seine Mutter war aus dem Landkreis in die Konurba gekommen. War es möglich, wagte er daran zu denken, den entgegengesetzten Weg einzuschlagen? Jene menschenleeren Felder. Äcker. Bestimmt fände er etwas zu essen auf den Äckern ...
Er legte sich wieder hin und dachte darüber nach, dachte angestrengt darüber nach.

Der Mann mit den Kaninchen

Sonntags gab es erst um halb neun Frühstück, und die Morgengymnastik fiel aus: Der Wecker klingelte eine Stunde vorher. Nach dem Frühstück kehrten die Jungen in ihre Häuser zurück und machten sich für die Kirche um zehn Uhr zurecht.
Der Gottesdienst dauerte anderthalb Stunden, und dann folgte eine Stunde Freizeit bis zum Mittagessen.
Während des Mittagessens, hatte Rob entschieden, wäre die Zeit zum Ausbrechen. Es bestand weniger Risiko, beobachtet zu werden – das Mittagessen am Sonntag war die einzige einigermaßen anständige Mahlzeit in der ganzen Woche, und niemand, bestimmt keiner der Präfekten, wollte sie sich entgehen lassen. Wenn danach seine Abwesenheit bemerkt würde, nähme man vermutlich an, daß er sich vor dem Extradienst drücken wollte, der ihm sonst nachmittags aufgehalst wurde. Erst bei dem Abendappell würde sich herausstellen, daß er fehlte.
Das ließ ihm über sechs Stunden, um sich aus dem Staub zu machen.
Als die Glocke zum Mittagessen läutete, schlich er ins Haus zurück. Alle Jungen hatten für die nur selten bewilligten Besuche bei Verwandten Handkoffer, und Rob packte alles ein, was er mitnehmen wollte – die Briefe und das Foto seiner Mutter, Sachen zum Wechseln, Toilettenartikel, eine Tafel Schokolade, die er sich aufbewahrt hatte. Dann brach er auf und folgte dem Weg hinter den Wohnhäusern, auf dem die Chance gesehen zu werden, geringer war, zum Haupttor. Sobald er draußen war, ging er schnell durch die lange Straße, die zur Omnibushaltestelle führte. Er hatte Glück: Innerhalb weniger Minuten glitt ein Omnibus auf dem Stromstahl eines unterirdischen elektrischen Kabels in die Station. Rob steckte seine Münze in den Schlitz und setzte sich ans hintere Ende. Nur ein halbes Dutzend anderer Fahrgäste saßen darin.

Am Morgen war es bewölkt gewesen, aber jetzt brach die Sonne durch und schien heiß durch die Glasscheiben. Auf den Straßen herrschte wenig Verkehr – die meisten Leute hatten wohl London verlassen und waren zu einem der Erholungsgebiete gefahren, vielleicht in der Hoffnung auf gutes Wetter ans Meer. Abends würden sie dann wieder unbeschwert heimkehren. Rob fühlte sich niedergeschlagen. Bisher hatte ihn eine Welle kühner Entschlossenheit mitgerissen, aber da er nun nichts anderes zu tun hatte, als die Straßen der Stadt vorbeihuschen zu sehen, stellten sich Zweifel ein. Er würde es nie schaffen. Sie würden ihn schnappen, längst bevor er die Grenze erreicht haben würde, und ihn wieder ins Internat bringen. Und dann? Eine noch strengere Bestrafung, nahm er an, und die zusätzliche Erniedrigung, einen Armbandsender tragen zu müssen, der dem Kontrollbrett im Hauptgebäude ständig seine Position meldete. Es gäbe keine zweite Fluchtgelegenheit mehr.

Manches sprach dafür, auszusteigen und den nächsten Bus zurück zu nehmen: in der Hoffnung, wieder unbemerkt ins Internat zu schlüpfen. Manches eher dafür, alles daran zu setzen, sich auf keinen Fall erwischen zu lassen. Der Omnibus fuhr um den Trafalgar Square herum, auf dem die Tauben herumtrippelten, die Springbrunnen sprudelten und Nelson von seiner Plexiglassäule herabblickte, die nun die Stelle der ursprünglichen aus Stein einnahm. Nein, entschied Rob, ich kehre nicht zurück. Und er wollte sich auch nicht schnappen lassen.

Der Omnibus fuhr in die Einspurendstation, und Rob stieg aus. In einer Visiphonzelle zog er seine Schuljacke mit der hellroten Borte und dem Internatsemblem aus und rollte sie zusammen. Dann ging er hinaus und stopfte sie zwischen die Rückseite der Zelle und die Wand. Sie würde schließlich dort entdeckt werden, aber mit etwas Glück erst am nächsten Morgen, wenn das Putzkommando seinen Dienst versah. Rob musterte sich. Die graue Hose fiel nicht aus dem Rahmen. Auch nicht sein weißes Sonntagshemd. Wohl aber seine lange Krawatte in den Schulfarben ...er riß sie herunter und steckte sie zu der Jacke. Jetzt fühlte er sich wohler, anonymer.

Er zog es vor, den Beamten keine Fragen zu stellen, sondern lieber selbst an der Endstation auf Erkundung zu gehen. An einer Wand hing eine Karte mit allen Stationen, und er suchte Reading. Er hatte bereits entschieden, daß er dort die beste Chance hätte, in den Landkreis zu gelangen – denn die Grenze verlief nur wenige Kilometer nördlich davon. Eine Liste der Fahrpreise hing unter der Karte, und er erschrak, als er sah, wieviel das Billett kostete. Der Preis betrug 11.5 Pfund, das hieß zwei Pfund mehr, als er in seiner Brieftasche hatte. Aber das waren die Fahrpreise für Erwachsene; er brauchte nur die Hälfte zu zahlen. Trotzdem blieb ihm dann nur noch sehr wenig übrig.

Der Zug sollte in zwanzig Minuten abfahren. Rob steckte Geld in den Fahrkartenapparat und wählte sein Billett. Seit dem Frühstück, das nicht besser gewesen war als sonst, war eine lange Zeit vergangen, und er verspürte Hunger. Das Büfett führte auf einer HV-Anzeigetafel die Gerichte auf, die dort erhältlich waren. Ein goldbraunes Huhn drehte sich in zehnfacher Lebensgröße an einem Spieß, wurde halbiert und mit einem Haufen knuspriger Pommes frites auf einen Riesenteller gelegt. Das Gerät besaß eine Geruchsanlage, deren verlockender Duft Rob in die Nase drang. Auf einem laufenden Band darüber blinkte die Schrift:

DIESES GERICHT...HEUTE...NUR 2.25 PFUND.

Rob schluckte und wandte sich ab. Er fand einen Automaten und bekam für ein halbes Pfund einen Sandwich und einen Biskuit. Zwischen dem Sandwich lag nur eine hauchdünne Scheibe Schinken, und als er beides aufgegessen hatte, fühlte er sich noch immer hungrig. Er ging zum Zug. Er hatte zwar noch eine Viertelstunde bis zur Abfahrt, aber er mußte unbedingt den Duft aus der Anzeigetafel verlassen. Zu seiner großen Überraschung waren beide Wagen fast voll. Er konnte sich nicht vorstellen, warum so viele Men-

schen am Sonntag nachmittag nach Reading fahren wollten, bis er die Leute vor sich vom Karneval reden hörte.
Karnevals fanden zu verschiedenen Zeiten in verschiedenen Teilen der Konurbas statt. Sie brachten Schlemmereien und Trinkereien, Paraden und Tanzen auf der Straße mit sich – ein lustiges Treiben, zu dem die Leute meilenweit strömten. Er hatte den Plan gehabt, einen Omnibus bis zum nördlichsten Stadtrand zu nehmen, um von dort aus zu Fuß zur Grenze zu gehen. Aber bei den Karnevals geriet alles durcheinander. Omnibusse fuhren nur unregelmäßig oder gar nicht.
Er hatte noch Zeit, auszusteigen. Er könnte sich ein anderes Ziel im Grenzbereich auswählen – zum Beispiel Chelmsford. Aber er hatte nicht genügend Geld für eine zweite Fahrkarte und könnte diese nur umtauschen, wenn er zur Auskunft ging und sich bei einem der Beamten erkundigte, wie er das machen müsse, und der würde ihm vielleicht peinliche Fragen stellen. Deshalb blieb er doch lieber sitzen.
Die Musik aus den Lautsprechern im Wagen wurde kurz von einem Glockenspiel aus vier Tönen unterbrochen, das die Abfahrt ankündigte. Als sie wieder einsetzte, glitt der Zug auf seinem funkelnden Stahlband aus der Endstation.

Die Fahrt dauerte eine knappe halbe Stunde, wobei der Zug eine Höchstgeschwindigkeit von über zweihundert Stundenkilometern erreichte. Er fuhr sehr ruhig und schuckelte nur etwas in den Kurven. Unter den Pfeilern, die die Schiene stützten, hindurch, konnte Rob hin und wieder einen Blick auf die Stadtstraßen tun. Auf beiden Seiten dehnten sich hohe Wohnblöcke aus. Dann folgten Streifen des Grüngürtels mit künstlichen Teichen, Rummelplätzen, Lunaparks – alles, was die Konurbaner nötig hatten, waren Vergnügung und Ablenkung.
Sogar bei dieser hohen Geschwindigkeit konnte man die Menschenmengen sehen.
Auch in Reading herrschte auf dem Platz vor dem Bahnhof großes Gedränge. Aus Lautsprechern erklangen Musik und

Ansagen. Als Rob hinaustrat, wurde gerade ein Schlager gespielt, und alle sangen im Chor mit. Weit und breit war weder ein Omnibus noch irgendein anderes Fahrzeug zu entdecken.
Die Musik verstummte, und eine gewaltige Stimme, die laut widerhallte, rief: »Sind wir alle glücklich?«
»Ja!« Ein volltönender Chor antwortete.
»Dann bleibt hier, liebe Leute. In wenigen Minuten, in ganz wenigen Minuten werden die Luftblasen-Girls tanzen, auf ihren durchsichtigen Luftblasen über eure Köpfe schweben. Sieben hübsche junge Damen, die noch nie danebengetreten sind. Bringt ihnen ein Hurra dar, um ihnen zu zeigen, daß ihr sie sehen wollt!«
Die Menge rief Hurra. Rob fragte einen munteren, etwa vierzigjährigen Mann mit gerötetem Gesicht: »Verzeihung. Können Sie mir vielleicht sagen, wo ich hier einen Omnibus bekomme?«
»Einen Omnibus? Was willst du denn mit einem Omnibus?« Er war beschwipst, wie Robert erkannte. »Du willst doch hier bleiben und dir die Schau ansehen. Die Girls sind gut, ich habe sie schon gesehen.«
»Ich fürchte, das geht nicht.«
»Natürlich geht das. Es ist doch Karneval.«
Rob schüttelte den Kopf.
Der Mann kniff mißtrauisch die Augen in dem geröteten Gesicht zusammen.
»Weswegen bist du denn hergekommen? Du bist nicht von hier, sonst würdest du die Omnibuslinien kennen.«
Rob sagte: »Ich bin hergekommen, um meine Tante zu besuchen. Sie ist krank.«
»Ganz allein?«
»Meine Mutter ist schon da und pflegt sie.« Rob dachte sich fieberhaft weitere Einzelheiten aus, um seine Geschichte glaubhafter klingen zu lassen. »Mein Vater konnte sich nicht freimachen. Er arbeitet sonntags.«
»Du bist demnach ganz allein.« Der Ton änderte sich, wurde nun mitfühlend. Der Mann übertönte die Musik: »He! Hier

ist ein Junge, der zu seiner kranken Tante muß. Er ist den langen Weg hierher ganz allein gekommen. Hat jemand seinen Wagen hier in der Nähe geparkt, um ihn hinzubringen?«
Rob protestierte: »Nein, lassen Sie das nur. Ich kann doch mit dem Omnibus hinfahren. Ich wollte bloß . . .«
Schon meldeten sich Freiwillige. Freundlichkeit und Hilfsbereitschaft gehörten neben dem Bedürfnis zu trinken und zu essen und sich zu vergnügen zu den Kennzeichen des Karnevals. Zumindest in seinem frühen Stadium. Robs Einwände wurden großzügig hinweggefegt. Der Mann mit dem geröteten Gesicht nahm in Robs Namen das Angebot eines anderen an, der sagte, daß sein Wagen nur ein paar Minuten von hier entfernt stehe.
Rob sagte: »Aber die Luftblasen-Girls . . .«
»Die kann ich immer noch sehen«, sagte der Freiwillige jovial. Er war in den Zwanzigern und trug ein Erkennungszeichen mit ineinandergeschlungenen Ringen, was hieß, daß er Berufssportler war. »Komm, wir wollen dich zu deiner kranken Tante bringen. Wo wohnt sie denn?«
Rob dachte rasch nach und sagte: »In der Sheffield Road 131.«
Der Sportler runzelte die Stirn. »Wo ist die?«
»In Nordreading.« Denn dahin wollte er. »Aber Sie brauchen wirklich nicht . . .«
Ein anderer sagte: »Das können wir ja dort erfragen.«
»Ganz richtig«, sagte der Sportler. »Die finden wir schon. Kommt, Leute, und macht die Jagd nach der Sheffield Road mit. Mein Wagen ist ein Zehnsitzer.«
Verrückte Dinge zu tun, gehörte auch zur Karnevalstradition. Der Sportler war offensichtlich stolz auf seinen Zehnsitzer – es gab nur ein einziges größeres Elektroautomodell. Er bildete eine Achtergruppe, unter der sich auch der Mann mit dem geröteten Gesicht befand, und sie machten sich auf den Weg. Rob folgte ihnen widerstandslos. Er mußte auf eine Gelegenheit hoffen, ihnen später zu entwischen; hier war es unmöglich.

Elektroautos waren wie Omnibusse mit Regulatoren ausgestattet, die die Stromzufuhr aus den Kabeln und somit theoretisch auch das Tempo kontrollierten. Außerdem gab es eine Geschwindigkeitsbegrenzung für die Straßen der Innenstadt. Der Sportler nahm nicht nur darauf keine Rücksicht, sondern hatte es allem Anschein nach auch fertiggebracht, den Regulator auszuschalten. Er raste durch die Straßen, und die anderen jubelten ihm zu. Zum Glück herrschte kaum Verkehr, und kein Polizist ließ sich blicken; sie überwachten vermutlich alle den Karneval.
Er verringerte das Tempo, als sie nach Nordreading gelangten. Sie hielten von Zeit zu Zeit, um sich nach der Sheffield Road zu erkundigen. Was würde passieren, überlegte sich Rob, wenn es eine Sheffield Road und eine Nummer 131 gäbe? Er hoffte auf eine Gelegenheit, zu verschwinden, aber es bot sich ihm keine. Jemand schickte sie zu einer Straße, die aber Shafford Road hieß. Sie wurden der Sucherei müde und etwas gereizt.
Einer von ihnen sagte: »Da drüben ist ein Polizeirevier.«
»Nur keine Bange«, sagte der Sportler. »Ich überschreite keine Geschwindigkeitsbegrenzung. Jedenfalls nicht im Augenblick.«
»Da könnten wir doch fragen. Die müssen es wissen.«
Ihre Laune besserte sich unverzüglich. Das Polizeirevier war ein häßliches, aber wuchtiges Gebäude aus Stahl und Beton. Der Sportler hielt davor und stieg, gefolgt von den meisten anderen, aus.
Sie würden keine Minute benötigen, um festzustellen, daß es keine Sheffield Road gab. Dann würde die Polizei entweder zum Wagen kommen oder er würde aufs Revier gebracht. Einer der Männer saß noch neben ihm und rauchte lässig einen Stumpen. Rob sagte: »Mir ist ein bißchen schwindlig ... Etwas frische Luft würde mir guttun.«
Der Raucher paffte und nickte. Der letzte der Gruppe verschwand im Polizeirevier, als Rob ausstieg. Die Straße war lang und gerade, aber dreißig Meter weiter befand sich eine Kreuzung. Er spurtete darauf zu.

Hinter ihm ertönten Rufe. Als er sich an der Kreuzung umdrehte, sah er, daß sie ihn verfolgten. Der Sportler rannte an der Spitze und näherte sich ihm mit beängstigender Geschwindigkeit und Entschlossenheit. Diese Straße bestand aus modernen durchgehenden Wohnblöcken auf einem mit kleinen Büschen gesprenkelten Rasen. Keinerlei Deckung. Wenn die Querstraße nicht mehr zu bieten hatte . . .
Er hatte jedoch Glück. Es war eine Straße mit kleinen baufälligen Häusern im Stil des vorigen Jahrhunderts aus Backstein und Mörtelverputz, die paarweise zusammenstanden. Er rannte durch einen Gang zur Rechten, der auf einen anderen zwischen den Rückseiten der Häuser in dieser Straße und denen einer Parallelstraße stieß. Wieder keine Deckung, nur ein holpriger, vom gestrigen Regen aufgeweichter Pfad. Aber zwischen dem Pfad und den Häusern lagen kleine Gärten, von denen viele Schuppen hatten. Rob konnte seine Verfolger hinter sich schreien hören. Er schlüpfte durch einen Drahtzaun, riß die Tür eines Schuppens auf und kauerte sich hinein.
Der Schuppen hatte kein Fenster. Es war darin stockfinster, und es stank. Rob hörte, wie seine Verfolger lärmend vorbeiliefen. Da sie ihn verloren hatten, bestand nun die Gefahr, daß sie kehrtmachten und ihn noch gründlicher suchen würden.
Da erschreckte ihn eine Stimme direkt hinter der dünnen Holzwand.
Ein Mann fragte: »Suchen Sie jemanden?«
»Ja, einen Jungen, ungefähr dreizehnjährig.« Es klang wie die Stimme des Sportlers. »Haben Sie ihn irgendwo gesehen?«
Es mußte der Besitzer des Schuppens sein, und er mußte beobachtet haben, wie Rob hineinschlüpfte, und aus dem Haus gekommen sein, um nach dem Rechten zu sehen. Jetzt würde er sicher die Schuppentür öffnen und ihn ausliefern.
Der Mann sagte: »Weißes Hemd? Graue Hose?«
»Ja, das ist er! Er hat uns an der Nase herumgeführt. Wenn wir ihn zu packen kriegen, bekommt er von uns eine tüchtige

Tracht Karnevalsprügel. Dem vergeht die Lust, in absehbarer Zeit anderen so einen Streich zu spielen.«
»Ja. Ich habe ihn gesehen. Er schlich durch den Garten der Millers. Zwei Häuser weiter.«
»Dann erwischen wir ihn schon!«
»Da bin ich gar nicht so sicher. Er könnte an der Seite entlang zur Vorderfront gelangt und dann der Kirkup Road gefolgt sein.«
»Vielen Dank! Kommt, los. Wir vergeuden nur Zeit.«
Sie rannten davon. Rob wartete. Er überlegte sich, warum der Mann ihn wohl beschützt hatte. Wenn sie feststellten, daß auch er sie angeschmiert hatte, könnte er selbst Schwierigkeiten bekommen. In der Karnevalszeit schwankten die Leute zwischen Extremen, und Gewalttätigkeit war nichts Ungewöhnliches. Sie waren absolut fähig, sein Haus zu zerstören.
Rob hatte leise scharrende Geräusche gehört. Als sich die Tür öffnete und ein Lichtstrahl hineinfiel, erkannte er ihren Ursprung und den des beißenden Gestanks. Auf einer Bank an der Wand standen mehrere Kästen, deren Vorderseite aus Draht bestand. In ihnen befanden sich kleine Pelztiere. Kaninchen.
Der Mann sagte: »Du kannst herauskommen und weiterlaufen. Sie sind fort.«
Er war ein hagerer Mann mit scharfgeschnittenen Zügen und einem aufgekrempelten schmutzigen Hemd unter einem verschlissenen ärmellosen Pullover und einer am Knie geflickten Hose. Er sah nicht wie jemand aus, der zu riskanten und edelmütigen Taten bereit war. Die Erklärung waren, wie Rob erkannte, die in diesem fensterlosen und fast luftlosen Schuppen eingesperrten Kaninchen. Es war verboten, ohne Genehmigung Haustiere zu halten, und dieser Mann würde niemals eine erhalten. Vermutlich mästete er sie, um sie dann einem Metzger zu verkaufen. Es gab keinen Markt für nicht fabrikmäßig hergestelltes Fleisch.
»Na, marsch«, sagte der Mann.
Rob hätte nichts lieber getan, als sich auf die Socken zu ma-

chen. Der Gestank wurde unerträglich. Andererseits . . .
»Sie sind wahrscheinlich immer noch in der Nähe«, sagte er.
»Und vielleicht sucht mich auch die Polizei. Wenn sie mich erwischen . . .«
Rob las die Gedanken des Mannes von dem schmalen wachsamen Gesicht ab: Er könnte dann vielleicht verraten, wo er sich versteckt gehalten hatte. Der Mann nickte. »Na gut.«
Er schloß die Tür, und Rob sagte: »Eine halbe Stunde reicht wahrscheinlich.«
Ein Schlüssel drehte sich im Schloß. Es muß ein Zufall gewesen sein, daß sie vorhin nicht abgeschlossen war; vielleicht war der Mann nur schnell ins Haus gegangen, um etwas zu holen. Rob setzte sich wieder hin, lehnte den Rücken an die Wand und versuchte, keine Notiz von dem Gestank zu nehmen. Es war immerhin besser, als von seinen Verfolgern verprügelt oder der Polizei übergeben und ins Internat zurückgebracht zu werden. Er rümpfte die Nase. Eine halbe Stunde ließ es sich aushalten.
Er hatte keine Uhr; die jüngeren Schüler des Internats durften keine tragen. Es ist schwierig, den Verlauf der Zeit abzuschätzen, vor allem im Dunkeln. Er versuchte im stillen die Sekunden und Minuten zu zählen, mußte es aber aufgeben. Die Zeit schleppte sich dabei noch langsamer hin.
Schließlich erkannte er, daß bestimmt eine halbe Stunde verstrichen sein mußte, wahrscheinlich sogar mehr als eine Stunde. Er rüttelte an der Tür, um festzustellen, ob er sie aufreißen konnte, aber der Schuppen war stabiler gebaut, als es den Eindruck machte. Er setzte sich wieder hin. Der Gestank der Kaninchen wurde nicht besser, und er konnte sich nicht daran gewöhnen. Er bekam einen Krampf und mußte aufstehen, um seine schmerzenden Muskeln zu lockern.
Die Zeit verging schrecklich langsam. Hatte der Mann ihn im Stich gelassen? Aber er mußte doch nach den Kaninchen schauen! Oder war ihm etwas zugestoßen? Er hatte ausgesehen, als ob er für sich allein lebe; es könnte Tage dauern, bis Nachforschungen angestellt würden. Natürlich könnte

er, Rob, sich durch Schreien bemerkbar machen – irgend jemand würde ihn schließlich hören. Aber wer immer das auch sein mochte, er würde ihn höchstwahrscheinlich der Polizei übergeben. Rob überlegte sich, wie lange er es wohl hier aushalten könnte, als er Schritte hörte und die Tür sich kurz danach öffnete.
Schwaches Licht fiel hinein. Der Himmel hinter dem Kopf des Mannes war dämmrig-grau – es mußte gegen acht Uhr abends sein.
Rob kroch steif aus dem Schuppen. In der frischen Luft wurde ihm schwindlig.
Der Mann sagte: »Jetzt hält dich nichts mehr zurück.«
Rob empfand neben dem Schwindelgefühl noch etwas anderes. Nachdem er vom Gestank der Kaninchen befreit war, verspürte er nagenden Hunger. Außer dem Sandwich und dem Biskuit hatte er seit dem Morgen nichts gegessen. Die Tafel Schokolade befand sich in seinem Handkoffer, und den hatte er im Wagen zurückgelassen, als er wegrannte.
»Ich habe Hunger«, sagte er. »Könnten Sie mir etwas zu essen geben?«
Der Mann sah so aus, als würde er es ihm abschlagen, dann nickte er jedoch. »Warte hier.« Er ging ins Haus und kam mit einer Papiertüte zurück. »Nimm das mit und iß es unterwegs.« Sein Ton war mürrisch.
Rob konnte sehen, daß er ihn gern loswerden wollte. Er sagte: »Von hier aus ist es doch nicht mehr weit bis zum Landkreis, oder?«
»Nein, nicht mehr weit.«
»Welches ist denn der beste Weg?«
»Warum willst du dorthin?«
Diesmal war der Ton nicht mürrisch, sondern erstaunt. Rob sagte: »Ich möchte einfach hin.«
»Du mußt verrückt sein«, entgegnete der Mann. »Und außerdem ist da noch die Sperre. Ein fünfzehn bis dreißig Meter hoher, elektrisch geladener Drahtzaun. Der verbrennt dich zu Asche, wenn du ihn berührst.«
»Gibt es keine Tore?« fragte Rob.

»Nein. Aber Patrouillen! Mit Bluthunden, die dich schon beim ersten Anblick zerreißen.«
Rob hatte solche Gerüchte schon vorher gehört, aber sie klangen jetzt noch furchterregender, denn er hatte ja vor, die Wahrheit ausfindig zu machen.
Der Mann sagte: »Du kommst nicht einmal einen Kilometer an sie heran.«
Rob erwiderte: »Ich werde jedenfalls so weit kommen, daß ich vergesse, je hier gewesen zu sein. Füttern Sie die Kaninchen heute abend?«
Das Gesicht des Mannes verkrampfte sich, und Rob dachte einen Augenblick, daß er ihn schlagen wolle. Doch dann sagte er: »Es ist schließlich deine eigene Angelegenheit.« Er zeigte auf den Durchgang. »Der bringt dich zur Chepstow Street. Bieg nach links ab und wende dich nach Norden. Behalte diese Richtung bei, dann kommst du nach zwei oder drei Kilometern zum Niemandsland. Danach...« Er zuckte die Achseln. »Ich habe keine Ahnung, wie weit es dann noch ist.«
»Vielen Dank«, sagte Rob. »Auch für die Wegzehrung.« Er brach auf und folgte dem Durchgang. Der Mann blickte ihm nach, einer stummen, in der Dämmerung verschwindenden Gestalt.

Es war offensichtlich ein armes Stadtviertel, und es wurde noch ärger. Die Straßen wurden schlechter, die Häuser verfallener; man konnte im Licht der Straßenlaternen sehen, daß sie reparaturbedürftig waren und einen neuen Anstrich gebrauchen konnten. Die Straßenlaternen selbst gehörten zu dem altmodischen Typ mit Glühbirnen. Sie standen vermutlich schon hundert Jahre dort und wirkten sogar noch älter. Inzwischen war es dunkel, wenn auch ein Halbmond gelegentlich zwischen jagenden Wolkenbänken erschien. Ein Wind war aufgekommen, und Rob fröstelte. Er hätte seinen Pullover gut gebrauchen können, aber auch der war mit dem Handkoffer verlorengegangen. Ihm war kalt, und er hatte Hunger. Rob dachte an die Wegzehrung, die er von dem

Mann mit den Kaninchen bekommen hatte, meinte aber, daß es vielleicht auffallen würde, wenn er unterwegs aß.
Als er aus dem Durchgang trat, hatte er festgestellt, daß der Mond im Norden stand, und diese Richtung hatte er durch das Gewirr der Straßen und Häuser eingeschlagen. Er gelangte in eine Gegend, in der es nicht einmal die kleinen Elektrozweisitzer gab, weil dort keine Kabel gelegt worden waren. Ein paar Leute liefen herum – immer mehr Häuser, an denen er vorbeikam, standen leer. Dann erreichte er eine Kreuzung und sah, daß die Straße von dort an unbeleuchtet war. Es brannten dort nicht nur keine Laternen, sondern auch die Häuser zu beiden Seiten waren dunkel und verlassen. Im Mondschein konnte er erkennen, daß die Straße noch etwa fünfzig Meter weiter verlief und daß dahinter ein freies Feld lag.
Rob wußte, daß keiner gern im Niemandsland wohnte. Deshalb waren die Häuser nicht abgerissen, sondern einfach dem Verfall preisgegeben worden: Hätte man sie geschleift, so wäre ein neuer Stadtrand entstanden, und die Leute hätten sich noch weiter davon zurückgezogen. Rob zitterte, nicht nur wegen der Kälte, sondern auch beim Anblick der Dunkelheit, beim Gedanken an die sich vor ihm ausbreitende Leere. Sein Leben lang war er, wie jeder in den Konurbas, von der tröstlichen Anwesenheit anderer umgeben gewesen – von all den Millionen. Der Wunsch nach etwas Privatleben von Zeit zu Zeit war eine Sache; sich ganz allein dort hinaus zu wagen, eine andere.
Er überlegte sich, ob er sich nicht bis zum Morgen hinlegen solle. Zum Beispiel in diesem Haus an der Ecke, von dem aus man die Straßenlaterne sehen konnte, unter der er jetzt stand. Die Tür war wahrscheinlich nicht verschlossen, und man konnte auf alle Fälle durch die scheibenlosen Fenster hineingelangen. Es wäre vielleicht besser, das Niemandsland am Tage zu durchqueren, wenn man den Weg vor sich sehen könnte. Man mußte den elektrisch geladenen Zaun und die Möglichkeit in Betracht ziehen, im Dunkeln dagegenzulaufen.

Andererseits wäre am Tage das Risiko größer, gesehen zu werden und nicht nur selbst besser zu sehen. Der Mond, der hinter einer Wolke verschwunden war, segelte hinaus in ein Meer von Sternen. Rob deutete dies als ein ermutigendes Zeichen und ging weiter.

Ein Reiter in der Sonne

Gras wucherte auf der brüchigen Straße, und die Vorgärten der Häuser wurden von Büschen erstickt; aus einem scheibenlosen Fenster wuchs ein beachtlicher Schößling. Am Ende der Straße begann das mit Bäumen und Unterholz besäte freie Feld. Ein Geräusch irgendwo vor ihm, ein dumpfer Schrei erschreckte Rob. Er nahm an, daß es eine Eule sein mußte, obwohl er außer in Holovisionsabenteurerfilmen noch nie eine gehört hatte. Gesehen hatte er natürlich schon welche im Zoo, aber die hatten nur stumm dagehockt und mit den Augen geblinzelt.
Rob kämpfte gegen den Impuls an, umzukehren, und schleppte sich nordwärts weiter. Der Mond spendete ein recht annehmbares Licht, aber der Boden war uneben. Sein Fuß geriet in ein Loch, und er wäre fast hingefallen. Kälte und Hunger quälten ihn, und der Gedanke an ein warmes Bett, selbst wenn er darin im nächsten Augenblick von Verfolgern umzingelt würde, hatte etwas Verlockendes. Rob entschied, daß er wenigstens etwas gegen den Hunger tun könnte, und machte die Papiertüte auf. Sie enthielt Brot und Käse. Im Mondschein konnte er erkennen, daß der Käse schimmelig und das Brot hart und mindestens eine Woche alt war. Er hätte ahnen können, daß der Mann mit den Kaninchen ihm nichts geben würde, was er selbst noch essen konnte. Dennoch hatte Rob einen solchen Hunger, daß er alles gegessen hätte. Er zermalmte das Brot mit den Zähnen und biß zwischendurch vom Käse ab. Es schmeckte säuerlich, füllte ihm aber den Magen. Rob verspürte jetzt Durst, aber daran ließ sich nichts ändern.
Er ging weiter in die nur von Halbmond und Sternengewirr erhellte Nacht und ließ den Lichtschimmer der Konurba hinter sich. Eine derartige Einsamkeit hätte er sich nicht vorstellen können. Der Drang, umzukehren, wurde fast übermächtig. Einmal blieb er stehen und schaute sich um. Der Schimmer von Millionen Lumigloben, Neonreklamen,

Elektroautoscheinwerfern, Schaufensterbeleuchtungen erstreckte sich als Streifen über den südlichen Horizont. Er würde im Laufe der Nacht matter werden, aber nie völlig verlöschen. In der Konurba brannte immer Licht. Entschlossen drehte er sich um und entfernte sich von ihr.
Der Boden stieg an, und in der Ferne konnte Rob die verschwommenen Umrisse von Hügeln erkennen. Nachdem er zwei oder drei Stunden unterwegs war, verschwand der Mond hinter einer Wolke. Aber der Himmel war sonst ziemlich klar. Rob sah die Sterne, die sich hell und scharf gegen das tiefe Schwarz abzeichneten. Der Schimmer der Konurba war zu einem fernen blassen Fleck geworden. Es war atemberaubend, so viele Sterne zu sehen und den Diamantstaub der Milchstraße zu betrachten. Atemberaubend und beängstigend. Rob erschauderte und setzte seinen Weg fort. Der Mond erschien wieder – ein kleiner Trost.
Es erklangen meist unbestimmbare, mehr oder weniger erschreckende Geräusche. Ein Heulen, das von einem der wilden Hunde stammen konnte, die angeblich in Rudeln durch das Niemandsland streunten – zum Glück aber weit weg. Gequietsche und Geraschel und Geknister. Einmal fast unter seinem Fuß ein heiseres Knurren, das ihn einen Satz machen ließ. Später sollte er erfahren, daß es so etwas Harmloses wie ein Igel war, aber im Augenblick entsetzte es ihn.
Rob fragte sich, wie er es schon mehrmals getan hatte, wie weit es wohl noch bis zur Sperre sei – und da erblickte er sie. Im Mondschein glitzerte Metall oben am Hang. Rob näherte sich vorsichtig und musterte den Zaun. Keinesfalls dreißig Meter hoch, nicht einmal fünfzehn. Nur etwa vier. Er bestand aus Maschendraht zwischen dicken Metallstangen, die in regelmäßigen Abständen von schätzungsweise fünf Metern nebeneinanderstanden. Soviel ließ sich erkennen. Nachdem Rob die Sperre entdeckt hatte, hielt er es für das Vernünftigste, bis zum Tagesanbruch zu warten, um sie sich näher anzusehen.
Er fand eine Mulde im Boden, die ihn etwas gegen den Wind

schützte, legte sich hinein und versuchte zu schlafen. Es fiel ihm nicht leicht. Er spürte die Kälte noch stärker als beim Laufen, und das Brot und der Käse lagen ihm schwer im Magen. Schließlich mußte er aufstehen, ein paar Schritte machen und mit den Armen schlagen, um seinen Blutkreislauf anzuregen. Abwechselnd legte er sich hin und verschaffte sich Bewegung, während sich die Stunden der Nacht dahinschleppten. Endlich schlief er doch erschöpft ein und zitterte eine Stunde lang durch Träume. Als er aus einem erwachte, in dem der Zuchtmeister ihn bezichtigte, schrecklich zu schielen und fürchterlich verwachsen zu sein, breitete sich ein anderes blasses Licht um ihn aus. Der Tag brach an.

Rob klopfte sich mühsam ins Leben zurück – er war müde und fror und hatte wieder Hunger, und alle Glieder taten ihm vom Schlafen auf dem kahlen Boden weh, neben dem die harte Matratze im Internat weichstem Schaumgummi glich. Er ging zu dem Zaun und betrachtete ihn. Der verlief, soweit Rob in beiden Richtungen sehen konnte, nach Osten gerade, machte aber nach Westen eine Inwärtskrümmung und entzog sich der Sicht. Die Maschen bildeten zentimetergroße Karos, die Metallpfosten waren mehrere Zoll dick und in Betonblöcken verankert. Der untere Rand des Zaunes verschwand im Boden. War er elektrisch geladen? Rob verspürte keine Lust, es auszuprobieren.
Er spähte durch die Maschen. Jenseits davon schien die Landschaft nicht anders zu sein – freies Feld und in der Ferne Bäume. Der Boden stieg fast bis zum Horizont an. Dahinter verschwommene Hügel. Rob fand, daß er genausogut nach Westen gehen könne, denn dort sah es weniger trostlos aus als entlang dem sich endlos nach Osten erstreckenden Zaun.
Er kam zu einer Stelle, an der auf seiner Seite mehr Bäume wuchsen, manche ziemlich dicht am Zaun. Wenn nur einer direkt daran stünde, auf den er klettern könnte ...
Oder wenn er zu diesem Zweck nur einen der langen Stäbe hätte, die Stabhochspringer bei den Spielen benutzten, und

die Fähigkeit, sich damit fachkundig in die Höhe zu schnellen, dann könnte er ohne weiteres über den Zaun gelangen. Aber es gab keinen solchen Baum und keinen Stab. Da erspähte er eine schnelle Bewegung auf einem Baumast vor sich. Eine kleine braune Gestalt. Etwas, das er nur aus dem Zoo kannte: ein Eichhörnchen.
Es blieb einige Sekunden auf dem Ast hocken und hatte die Pfoten vor dem Gesicht: Es knabberte an etwas oder wusch sich. Dann flitzte es am Stamm entlang auf den Boden. Rob verlor es aus den Augen, als es im Gras verschwand. Aber nicht lange danach, erblickte er es wieder: Diesmal kletterte es flink über den Zaun! Das löste ein Problem. Rob berührte, weiterhin behutsam, den Maschendraht. Er war aus kaltem, harmlosem Metall.
Rob mußte immer noch einen Weg finden, um darüber zu gelangen. Er war schließlich kein Eichhörnchen. Die engen Maschen und die glatten Pfähle boten keinerlei Fußhalt. Es blieb Rob nichts anderes übrig, als seinen Weg fortzusetzen. Das half ihm wenigstens, zu vergessen, wie kalt es war. Der Himmel hinter ihm war blaßblau und wurde allmählich vom Gold einer unsichtbaren Sonne überflutet. Aber es blieb trotzdem noch empfindlich kalt. An manchen Stellen knisterte das Gras vor Frost.
Schließlich fand er die Lösung bei einem kleinen Erdrutsch. Der Hügel war über und unter dem Zaun etwas abgebröckelt, und der Regen hatte die lockere Erde weggespült. Nicht besonders tief, aber immerhin so, daß sich unter dem sonst im Boden verschwindenden Draht ein Loch befand. Es war höchstens drei Zentimeter groß, aber es brachte Rob auf eine Idee. Er hockte sich hin und machte sich daran, es zu vergrößern. Die Erde war zwar krümelig, aber es war trotzdem nicht leicht: Robs Finger waren klamm vor Kälte. Er gab es jedoch nicht auf. Stückchen für Stückchen grub er die Erde fort, bis er dachte, daß er sich durch das Loch zwängen könnte. Doch er war zu optimistisch gewesen und mußte weiterscharren.
Beim zweiten Versuch schaffte er es. Er ritzte sich zwar an

der scharfen Unterkante des Maschendrahts und geriet einen Augenblick in Panik, als er auf halbem Wege steckenblieb, aber schließlich gelang es ihm doch, ganz darunter hindurchzukriechen. Wackelig richtete er sich auf. Er war im Landkreis.

Die Anhöhe begrenzte Robs Gesichtskreis noch immer im Norden, aber sie war keine fünfzig Meter mehr entfernt. Von dort aus hätte er sicher einen guten Blick. Er kletterte hinauf, kletterte in die Wärme und Helle der aufgehenden Sonne. Ein Vogel sang hoch am Himmel; Rob versuchte vergeblich, ihn zu entdecken. Alles war blau und leer.
Er stand auf dem Gipfel der Anhöhe und schaute umher. Zu beiden Seiten erhoben sich Hügel, und die Sonnenkugel glitt gerade hinter einem von ihnen im Osten hervor. Die Sonnenstrahlen blendeten ihn, und Rob hatte Mühe, die vor ihm liegende Landschaft zu erkennen. Sie senkte sich sanft hinab und war nicht wild, sondern von Äckern und Hecken gemustert. Zu seiner Linken führte eine Wagenspur in der Ferne zu einer Allee. Zu seiner Rechten . . . Er ließ sich zu Boden fallen. Ein Mann starrte in seine Richtung.
Rob dachte, daß er ihn erblickt haben müsse: Der Mann stand keine dreißig Meter von ihm entfernt, während er sich deutlich gegen den Himmel abhob. Aber der Mann rührte sich nicht, während die Sekunden verstrichen. Robs Augen, die sich allmählich an die grelle Sonne gewöhnten, nahmen Einzelheiten auf. Ein Gesicht, das kein Gesicht war. Wo die Beine hätten sein sollen, ragten Stöcke aus einer altmodischen schwarzen Hose. Es war nur eine Vogelscheuche. Rob kannte sie aus einem alten Buch.
Sie stand mitten auf einem gepflügten Feld. Rob ging hin und betrachtete sie. Ein Rübengesicht mit grob eingekerbten Augen und ebensolchem Mund, ein verschlissener, mit Stroh ausgestopfter schwarzer Anzug. Die Hose hatte große Löcher, die Jacke war unter dem Ärmel aufgerissen, sonst aber noch recht anständig. Rob befühlte den Stoff, dann knöpfte er sie vorne auf und zog sie der Vogelscheuche aus.

Stroh fiel um seine Füße herum auf den Boden. Er schüttelte den Staub und die Insekten von ihr ab. Als er in sie schlüpfte, fühlte sie sich kalt und feucht an, aber er rechnete damit, daß sie sich bald erwärmen werde. Es würde schon etwas ausmachen, wenn er auch die kommende Nacht im Freien verbringen müßte. Natürlich war sie ihm viel zu groß. Er rollte die Ärmel ein, was die Sache verbesserte, aber die Jacke bauschte sich immer noch vor seiner Brust. Die Vogelscheuche sah jämmerlich nackt aus – prall bis zur Hüfte, aber darüber nur ein Rübenkopf auf einem Stock. Rob betrachtete den Kopf näher. Er war zwar etwas verschimmelt, aber vielleicht noch eßbar. Rob entschied, daß er dazu doch nicht hungrig genug sei.

Er wandte sich etwa nach Nordwesten. Die Äcker hatten verschiedene Gewächse. Auf einem großen Feld standen kleine grünblättrige Pflanzen mit winzigen purpurroten Blüten in lauter Reihen. Würden sie zu gegebener Zeit irgendwelche Früchte tragen? Die würden dann aber ziemlich klein sein. Er riß eine Pflanze aus, und mit ihr kamen weiße ovale Knollen zum Vorschein, die an ihren Wurzeln hingen. Kartoffeln, wie er erkannte. Er konnte sie zwar jetzt nicht kochen, aber er füllte seine Jackentaschen damit, falls er später Gelegenheit dazu fände.

Seine Füße waren müde und taten von dem ungewohnten Marsch weh, aber er ging weiter, um den Zaun möglichst weit hinter sich zu lassen. Von Zeit zu Zeit rastete er, und einmal hörte er dabei ein neues Geräusch. Es wurde lauter und entpuppte sich als etwas, das er zumindest schon in historischen HV-Filmen gehört hatte – als Hufgetrappel von Pferden.

Rob versteckte sich hinter der ersten besten Hecke. Sie bot Aussicht auf eine Allee, und schon bald erschienen Reiter, die sich nach Westen wandten. Ein halbes Dutzend in roten Röcken mit Goldknöpfen und blitzenden Lederriemen und -gürteln. Sie ritten mit unbekümmerter Arroganz dahin; Rob hörte, daß sie sich etwas zuriefen und lachten. Eine Koppel großer Hunde, einer gelb, einer weiß mit schwarzen

Flecken, aus deren Mäulern rote Zungen zwischen weißen Zähnen heraushingen, sprangen neben ihnen her. Und die Reiter trugen Schwerter: Die Scheiden rasselten gegen ihre braunen Schaftstiefel.
Sie blickten nicht in seine Richtung. Die Kavalkade verschwand hinter hohen Hecken, das Geräusch ihres Vorbeiritts verklang allmählich in der Morgenluft. Die Musketiere des Königs müssen ihnen ähnlich gesehen haben, wenn sie in der Nähe von Paris zu einem Scharmützel mit den Männern des Kardinals durch die Sommerfelder ritten. Es glich eher einem Geschichtsbuch als der Wirklichkeit; es war faszinierend, aber kaum glaubhaft.
Nicht lange danach erblickte er das erste Haus im Landkreis. Es hatte Nebengebäude, einen kleinen Teich, und in seiner Umgebung pickten Hühner auf dem Boden herum. Ein Bauernhof. Dort gäbe es bestimmt etwas zu essen, aber Rob wagte sich nicht hin. Rauch stieg aus seinem Schornstein, und Rob beobachtete, wie eine Gestalt aus einem der Nebengebäude kam, den Hof überquerte und in dem Haupthaus verschwand. Sie ging vielleicht frühstücken. Rob griff in seine Jackentasche und holte eine der kleinen Kartoffeln heraus. Die daran klebende Erde war durch die Reibung abgefallen. Rob biß hinein. Sie schmeckte, soweit sie überhaupt einen Geschmack hatte, unangenehm, aber er brachte es über sich, sie zu kauen und herunterzuschlucken. Sie löschte seinen Durst ein wenig. Er aß noch drei oder vier davon.
Der Tag nahm seinen Lauf. Als Rob wieder einmal rastete, zog er seine Jacke aus und rollte sie als Kopfkissen zusammen. Er schlief ein, und als er wieder aufwachte, brannte die Sonne auf seinem Gesicht. Sie stand hoch am Himmel, fast im Zenit. Er kaute noch ein paar Kartoffeln und humpelte weiter. Seine Füße taten ihm weh. Nach ein oder zwei Kilometern setzte er sich an den Rain eines Feldes und zog sich Schuhe und Socken aus. Seine Füße hatten lauter Blasen, von denen einige aufgeplatzt waren und rohes Fleisch entblößten.

Er erkannte, daß er nicht endlos so weitergehen konnte, wußte aber nicht, was er sonst tun sollte. Ein Feld folgte ohne große Abwechslung dem anderen. Auf manchen grasten Tiere, von denen er wußte, daß es Kühe waren. Kühe gaben Milch, aber wie? Außerdem machte ihn ihr Anblick nervös. Auf anderen waren Männer und Maschinen. Er konnte nicht genau sagen, wozu die Maschinen dienten, denn er machte einen möglichst weiten Bogen um sie. Sie waren lautlos, wurden vermutlich von Treibstoffzellen in Bewegung gesetzt. Er ging auch den Häusern aus dem Weg, allerdings gab es nicht viele. Die Öde dieser Landschaft, die anfangs überraschend und beunruhigend gewesen war, wurde eintönig und geisttötend. Rob betrachtete seine geschwollenen Füße. Er überlegte sich, ob er sich nicht lieber einfach in den Schatten legen sollte. Aber würde es ihm später am Tage besser gehen, so daß er seinen Weg fortsetzen könnte?

Was hoffte er denn zu erreichen? Er war, vom Haß auf das Internat und von der Entdeckung angespornt, daß seine Mutter im Landkreis geboren worden war und ihre Jugend dort verbracht hatte, hierher gekommen. Er hatte die Vorstellung gehabt, daß Äcker Orte wären, die Nahrungsmittel hervorbrachten, aber das traf nicht zu. Alles, was er gefunden hatte – alles, was er voraussichtlich finden würde –, waren ein paar kleine rohe Kartoffeln.

Er hätte sich, dachte er verzweifelt, genausogut der Polizei stellen können. Das müßte er schließlich doch tun, wenn er nicht verhungern wollte.

Jemand rief in der Ferne, und Rob blickte hastig auf. Es war ein Mann auf einem Pferd in der Lücke am anderen Ende des Feldes. Der Ruf galt Rob. Zur Linken gab es einen Durchgang zu einem anderen Feld, und der Wald war nicht weit entfernt. Wenn er ihn nur erreichen könnte . . . Der Reiter nahte. Rob entschied, daß er keine Zeit mehr hatte, Socken und Schuhe anzuziehen. Er raffte sie zusammen und rannte los.

Das Feld, auf das er gelangte, war lang, aber schmal – nur

etwa zwanzig Meter breit bis zu der hohen Hecke, die es vom nächsten an den Wald angrenzenden Feld trennte. In der Hecke war keine Lücke, aber an einer Stelle sah sie dünn genug aus, um sich hindurchzuzwängen. Rob schaffte es trotz der Dornen und glaubte, in Sicherheit zu sein: Der Reiter müßte einen weiten Umweg machen, und inzwischen hätte er den Wald erreicht. Es wäre ja gelacht, wenn er dem Mann auf dem Pferd nicht entwischen könnte. Seine Füße taten ihm schrecklich weh, aber er nahm keine Notiz davon. Nur dreißig Meter bis zum Wald, vielleicht noch weniger. Rob hörte nochmals einen Ruf und warf einen Blick über die Schulter. Pferd und Reiter flogen durch die Luft, setzten mit einem Sprung über die Hecke hinweg.
Rob spannte seine letzten Kräfte an. Zwanzig Meter, zehn, und Hufe trappelten hinter ihm her. Er würde den Zufluchtsort nicht erreichen. Er fragte sich, ob der Reiter ihn über den Haufen rennen oder mit seinem Schwert erschlagen würde. Dann gab Robs linker Fuß unter ihm nach, und er stürzte zu Boden. Der Aufprall betäubte ihn und nahm ihm den Atem. Er lag keuchend da und hörte, wie das Hufgetrappel langsamer wurde und verstummte. Das Pferd schnaubte ganz nahe über ihm.
Rob blickte auf. Die Sonne stand hinter der rechten Schulter des Reiters, so daß Rob ihn im Gegenlicht nicht richtig erkennen konnte. Er hatte den Eindruck von blondem Haar und einem offenen blauen Hemd. Rob hielt nach dem Schwert Ausschau, konnte aber keins entdecken.
Das Pferd tänzelte, und der Reiter hielt es im Zaum. Das Licht fiel nun in anderem Winkel auf ihn, und Rob konnte ihn jetzt deutlich erkennen. Es war kein Mann, sondern ein blonder Junge, ungefähr so alt wie Rob.

Die Höhle

Mit einer schnellen Bewegung sprang der Reiter aus dem Sattel. Mit der einen Hand den Zügel haltend, streckte er die andere Rob hin und sagte: »Hast du dir nichts getan? Komm, ich helfe dir wieder auf die Beine.«
Seine Stimme klang sehr selbstsicher. Rob rappelte sich ächzend auf.
Der Junge ließ den Zügel los und legte Rob beide Hände beschwichtigend auf die Arme. Erstaunt rief er: »Du bist ja barfuß. Deine Füße bluten ja. Komm, setz dich lieber wieder hin, und dann wollen wir sie uns einmal ansehen.«
Rob umklammerte immer noch seinen einen Schuh – den anderen sowie seine Socken hatte er auf dem letzten Teil seiner Flucht verloren. Er tat, wie ihm geheißen war, und der blonde Junge kniete neben ihm. Sein Haar schimmerte wie Gold, war oben dicht und glänzend, aber an den Seiten und hinten kurzgeschnitten. Es fiel nach vorne, als er Robs Fuß in die Höhe hob und ihn untersuchte.
»Nicht gerade erfreulich«, sagte er. »Warte, ich hole etwas Wasser.« Er ging zu dem Pferd und hakte eine flache lederbezogene Feldflasche vom Sattel. Dann goß er etwas Wasser in seine Hand und badete damit behutsam Robs Füße. »Sie müssen unbedingt gepflegt werden.«
Rob fragte: »Ist noch etwas Wasser übrig? Ich bin ziemlich durstig.«
»Bedien dich nur.«
Rob trank und reichte die Feldflasche zurück. Der Junge sagte: »Du bist kein Landmann, oder?«
»Landmann« war, wie Rob später feststellte, sowohl eine Bezeichnung für Landarbeiter als auch für die Dienerschaft des Landadels. Rob sagte: »Ich komme aus der Konurba.«
Der blonde Junge starrte ihn an. »Wie bist du denn hierhergekommen?«
»Über den Zaun. Oder, um genau zu sein, unter ihm hindurch.«

Es hatte keinen Sinn, etwas verheimlichen zu wollen. Er konnte sowieso nicht mehr fliehen. Der Schmerz in seinen Füßen, von dem er beim Davonlaufen keine Notiz genommen hatte, wurde wesentlich stärker. Er fragte sich, ob der Junge ihn bis zum nächsten Polizeirevier zu Fuß gehen lassen würde. Und dann? Er nahm an, daß sie ihn dann zum Internat zurückbringen würden, aber es war ihm egal. Er ärgerte sich darüber, versagt zu haben, und das schon so schnell.
Eine Pause trat ein. Der Junge brach das Schweigen: »Ich bin Mike Gifford. Und wie heißt du?«
Rob sagte es ihm. Mike sagte:
»Ich habe noch nie jemanden aus der Konurba kennengelernt. Wie ist es dort?«
Rob machte eine hilflose Gebärde. »Das ist schwer zu beschreiben, einfach so.«
»Das habe ich mir gedacht. Aber warum bist du hierhergekommen?«
Rob machte den Versuch, es zu erklären, indem er in großen Zügen erzählte, was seit dem Tode seines Vaters geschehen und was er über seine Mutter erfahren hatte. Er schilderte seine Internatserfahrungen.
Mike sagte: »Ziemlich hart. Als Neuling hat man auf meiner Schule auch nichts zu lachen, aber so schlimm wie das ist es nicht.« Er starrte Rob an. »Die Frage bleibt: Was soll jetzt geschehen?«
Bisher hatte er sich als recht anständig gezeigt. Vielleicht lohnte es sich, einen Appell an ihn zu richten. Rob sagte: »Könntest du nicht einfach vergessen, daß du mich getroffen hast?«
»Und was dann?«
»Ich schaffe es schon.«
»Du bist verletzt. Du kannst nicht tagelang auf diesen Füßen weiterlaufen.«
»Ich kann mich ja irgendwo hinlegen.«
Mike schüttelte den Kopf. »Keine Chance.«
Sein Ton war beiläufig, aber bestimmt. Ich habe zuviel erhofft, dachte Rob. Er schwieg.

Nach ein oder zwei Sekunden fragte Mike: »Wovon willst du denn leben? Weißt du zum Beispiel, wie man einem Kaninchen eine Falle stellt – es dann häutet und kocht?«
»Nein.«
»Dann könnte *ich* es ja noch eher schaffen.« Es war keine Prahlerei, sondern nur eine nüchterne Feststellung. »Ich meine, ich wüßte, wie man Wild tötet und zubereitet – lauter solche Dinge. Aber mir würde es nicht gefallen, auf die Dauer so zu leben.«
»Ich dachte, ich könnte vielleicht irgendwo Arbeit bekommen. Ganz egal was.«
»Dazu bist du noch etwas zu jung, oder? Und sie wollen bestimmt wissen, woher du kommst. Landleute entfernen sich im allgemeinen nicht weit von ihrem Geburtsort.«
Er sprach vernünftig, aber es war klar, daß er Robs Plan für hirnverbrannt hielt. Was er auch war, wie Rob einsah. Er fragte: »Willst du mich denn nicht anzeigen?«
Mike sagte: »Wir müssen in Ruhe darüber nachdenken. Wenn ich dich nur eine Zeitlang verstecken könnte . . . Ein Glück, daß ich gerade zu Hause bin. Eigentlich hätte ich schon wieder in der Schule sein sollen, aber ich war im vorigen Quartal krank und bin noch beurlaubt, um mich zu erholen. Ich hatte Drüsenfieber und bekam danach Gehirnentzündung. Deshalb soll ich mich erst einmal nicht zu sehr anstrengen.«
Er sah überhaupt nicht krank aus – ganz im Gegenteil. Rob sagte: »Ich könnte mir irgendeinen Schlupfwinkel im Wald bauen.«
Mike runzelte die Stirn und antwortete: »Hätte wenig Sinn. Die Förster sind ziemlich gründlich. Ich könnte dich ins Haus schmuggeln, aber da wärst du auch nicht sicher. Meine Eltern und Cecily würden dich wahrscheinlich entdecken, wenn ihnen das Personal nicht zuvorkommt. Es muß irgendwo draußen sein. Nicht in den Ställen – wegen der Stallknechte.« Er schnalzte mit den Fingern. »Ich glaube, ich hab's. Eine Höhle, die ich unten im Tal entdeckt habe. Vielleicht nicht so sehr eine Höhle als eine unterirdische

Behausung. Wir könnten sie für dich herrichten, und ich könnte dir Essen bringen.«
Ließe sich das machen? Das würde ihm die Chance geben, sich auszuruhen und wieder zu Kräften zu kommen. Rob war dankbar, aber zugleich kam ihm das auch irgendwie unwahrscheinlich vor. Er wußte nicht, warum der blonde Junge ihm helfen wollte. War es vielleicht irgendeine Falle? Jedenfalls erhielt er dadurch eine Verschnaufpause. Er sagte: »Mir ist es egal, was es ist.«
Mike erwiderte geistesabwesend: »Die Männer arbeiten heute nachmittag auf den oberen Feldern, ich könnte dich also am Fluß entlang hinbringen. Ich werde dich auf Captain setzen.«
Captain war vermutlich sein Pferd. Rob sagte: »Ich glaube, ich kann zu Fuß gehen.«
»Nein.« Das klang autoritär. »Ich will nur die Sachen, die du verloren hast, einsammeln. Du sollst jetzt lieber wieder Socken und Schuhe anziehen. Deine Füße pflegen wir später.«
Stöhnend gehorchte Rob ihm. Mike zeigte ihm, wie er auf das Pferd steigen sollte, indem er ihm erklärte, daß man den Steigbügel umdrehen und den Oberkörper zum Pferdeschwanz zuwenden mußte. Er sprach besänftigend auf das Pferd ein, als Rob hinaufkrabbelte.
Rob schien es, als sei er sehr weit vom Boden entfernt. Das Pferd unter ihm war unruhig, tänzelte und zerrte an den Zügeln, die Mike festhielt.
Mike rief beruhigend: »Holla! Immer mit der Ruhe! Nur keine Angst!«
Das Pferd hielt still, aber Rob traute ihm noch immer nicht so recht.
»Nimm die Zügel!« befahl Mike. »Ich führe es an der Trense.«
Sie setzten sich in Bewegung, und Rob spürte das Schaukeln des Pferdes unter sich. Wenn es schon im Schritt so unbehaglich ist, fragte er sich, wie muß es dann erst beim Galopp sein?

Der Fluß zog sich durch ein enges Tal. Eine Straße folgte diesem Ufer, und darüber erhob sich bewaldetes Land. An einer Stelle mußten sie sich der Straße nähern, und Rob sah, daß sie braun war, wie Erde, aber zu glatt, um aus Erde sein zu können. Er fragte Mike danach, der ihm antwortete:
»Es ist Kunststoff. Habt ihr andere Straßenbeläge in der Konurba? Vermutlich ja. Dieser ist besonders für Pferde geeignet. Er ist weich und elastisch – schont die Hufe.«
»Nutzt er sich nicht schnell ab?«
Mike zuckte die Achseln. »Das hängt davon ab, wie stark er beansprucht wird. Er wird natürlich nur von Pferden und Wagen benutzt. Und ist leicht auszubessern. Es gibt eine Maschine, die legt und glättet in einer Stunde über einen Kilometer davon. Du, ich fürchte, daß du das letzte Stück zu Fuß gehen mußt. Ich kann mit Captain nicht weiter zwischen die Bäume vordringen. Aber es ist nicht mehr weit.« Rob sagte: »Das macht nichts. Wie komme ich aber wieder herunter?«
»Schwing einfach dein anderes Bein rüber.« Kritisch beobachtete er, wie Rob mühsam abstieg. »Warte, ich binde ihn schnell an.«
Das Pferd wieherte hinter ihnen her, als sie fortgingen. Mike fragte: »Soll ich dich stützen?«
»Nein, vielen Dank.« Rob biß die Zähne zusammen. »Es geht schon.«
An manchen Stellen mußten sie sich den Weg gewaltsam durch das Unterholz bahnen. Mike bemerkte dazu, daß dies auch seine guten Seiten habe; es sei unwahrscheinlicher, daß jemand hier entlangkäme. Der Boden stieg an und war mit Bäumen verschiedener Sorten und Größen dicht bewachsen. Nach zehn Minuten stießen sie auf eine Lichtung, die sich bis zum Kamm des von Brombeeren und Schlingpflanzen überwucherten Grashügels ausdehnte. Rob hielt Ausschau nach der Höhle, konnte sie aber nicht entdecken.
»Verlierst du den Mut?« fragte Mike. »Da drüben ist sie.«

Er führte Rob über die Licht zu einer Stelle, an der die Brombeersträucher aufhörten.
Vorsichtig zog er an einer Dornenranke. Sie wich zurück, und hinter ihr befand sich ein Pfad. Man mußte sich an einer Seite an den Hang pressen; auf der anderen wurde man vom Dickicht verdeckt.
Mike, der ihm voranging, sagte: »Ich habe sie entdeckt, als Tess hinter einem Kaninchen her war. Tess ist mein Hund. Ich dachte, ich könnte sie mir als Bude einrichten oder so, habe es aber nie getan. Ich ließ sie so, damit kein anderer sie finden sollte. Da wären wir.«
Sie standen vor einer von abbröckelndem Beton eingerahmten, ungefähr ein Meter breiten und eineinviertel Meter hohen Öffnung. Rob bückte sich und folgte Mike. Drinnen war es dunkel, denn nur wenig Licht sickerte durch das Gewirr der Blätter und Dornbüsche draußen. Rob konnte nur erkennen, daß sie sich in einer etwa sechs Kubikmeter großen Kammer befanden. Wie der Türrahmen war sie aus Beton.
Er fragte: »Wozu dient sie? Wer baut denn so etwas in einem Hügel?«
»Sie ist noch tiefer, aber der andere Teil ist eingestürzt und überwuchert. Ich glaube, es war nur ein zweiter Ausgang. Wahrscheinlich war sie ein Flak-Unterstand – für die Luftabwehr. Jedenfalls etwas aus dem Hitler-Krieg.«
»So alt ist sie schon?«
»Vielleicht noch älter. Sie hatten doch auch schon Kampfflugzeuge im Krieg davor, oder nicht?« Er schaute sich um. »Ein bißchen unwirtlich. Meinst du, daß du hier gut aufgehoben bist?«
»Und ob.«
»Wir können es ja etwas gemütlicher machen. Ich gehe jetzt und hole ein paar Sachen. Du brauchst nicht die ganze Zeit hierdrin zu bleiben, wenn du nur wieder hineinschlüpfst, sobald du irgend jemanden durch den Wald kommen hörst. Wenn ich zurückkomme, pfeife ich.« Er führte seinen Pfiff aus zwei Tönen vor. »Okay?«

Rob nickte. »Okay.« Er legte sich draußen ins Gras und wartete. Bäume und Hügel verdeckten den größten Teil des Himmels, doch ein Sonnenstrahl fiel herab. Die Stille und Einsamkeit, die dunkle fremde Beschaffenheit des Waldes beunruhigten ihn ein wenig. Mike blieb lange fort. Der Sonnenstrahl entfernte sich von der Lichtung und beschien jetzt nur noch den Hang über den Brombeersträuchern. Es war nicht mehr so warm, und er fröstelte. Rob kämpfte gegen den Verdacht, daß Mike es sich vielleicht anders überlegt hatte: Mike machte einen zuverlässigen Eindruck. Zwei Kaninchen tauchten aus dem Wald auf, und er beobachtete sie gebannt. Es war kaum zu glauben, daß er sich tatsächlich hier im Landkreis befand, umgeben von sprießenden Pflanzen und wilden Tieren. Und dennoch war das die Wirklichkeit und die Konurba – mit ihren wimmelnden Straßen, ihren Hochhäusern, herumflitzenden Elektroautos – dagegen Fantasie.

Die Kaninchen spitzten die Ohren und waren mit ihren weißen Schwänzen im Nu verschwunden. Rob hörte Mikes Pfiff unten im Wald.

Mike war schwer beladen, ein großes Bündel hing ihm über die Schulter, und in seiner rechten Hand hatte er einen Beutel. Er warf beides ins Gras und sagte: »Tut mir leid, daß es so lange gedauert hat. Aber ich fand es klüger, die Sache gleich möglichst gründlich anzupacken.« Er stieß mit dem Fuß gegen das Bündel. »Decken und ein Kopfkissen. Ich glaube, ich kann später auch ein Feldbett herschaffen, aber vorläufig mußt du dich mit einem harten Lager begnügen. Doch wirst du wenigstens nicht erfrieren. Ich fürchte, daß auch Bettücher fehlen.«

Rob sagte: »Vielen Dank.«

»Wie steht es mit deinen Füßen?«

»Nicht allzu schlimm.«

»Komm, wir wollen uns jetzt um sie kümmern.« Mike schaute zu, wie Rob behutsam Schuhe und Socken auszog. Die Blasen hatten wieder geblutet. Mike sagte: »Der Haken ist, daß das nächste Wasser zehn Minuten von hier entfernt

ist. Sie könnten wirklich ein anständiges Bad gebrauchen. Aber ich habe Desinfektionswatte mitgebracht, mit der wir sie säubern wollen. Vielleicht tut es ein bißchen weh.«
Das tat es auch. Unwillkürlich zog Rob den Fuß zurück, als Mike die wundgeriebenen Stellen abtupfte. Mike entschuldigte sich nicht, sondern hielt den Fuß noch fester und machte weiter. Als er mit der Reinigung fertig war, klebte er ein Pflaster darauf. Er holte ein zusammengerolltes Paar Socken aus dem Beutel und warf sie Rob zu.
»Zieh die an.« Er betrachtete das ausgezogene Paar, das lauter Löcher hatte. »Es hat keinen Sinn, die noch aufzubewahren. Ich werde sie irgendwo vergraben. Hast du Hunger?«
»Ich habe gestern abend hartes altes Brot und verschimmelten Käse gegessen und heute ein paar rohe Kartoffeln. Ja, ich habe Hunger.«
»Na, du wirst wieder Brot und Käse essen müssen. Ich konnte nichts anderes auftreiben. Aber es ist wenigstens weder hart und alt noch verschimmelt.«
Er packte einen Laib Brot und ein Stück Käse aus einem Leintuch aus und fragte: »Hast du ein Messer?« Rob schüttelte den Kopf. »Du bist nicht gerade gut für eine Expedition wie diese ausgerüstet, oder?«
Die zwar in freundlichem Ton gemachte Bemerkung klang etwas verletzend. Rob entgegnete: »Ich hatte nicht viel Zeit, irgend etwas vorzubereiten. Außerdem bin ich am Sonntag von der Schule weggelaufen, und da waren alle Läden geschlossen.«
»Hast du denn kein Taschenmesser?«
»In der Konurba? Nur wenn man Ärger mit der Polizei haben will. Das gilt als Angriffswaffe.«
Mike schüttelte verständnislos den Kopf. Er sagte: »Nimm dann das hier.« Dann hakte er ein schweres Messer mit Horngriff von seinem Gürtel los. »Du kannst es behalten. Zu Hause habe ich noch eins. Ich verschwinde jetzt, um etwas Wasser zu holen, während du ißt. Ich habe einen Kanister mitgebracht.«

Er nahm ihn und trollte sich durch den Wald davon. Rob machte sich gierig über das Essen her. Das Brot war braun und knusprig und innen weich und weiß. Sowohl der Geruch als auch der Geschmack waren neu für ihn und wesentlich besser als alles, woran er bisher gewöhnt war. Genauso verhielt es sich mit dem Käse, der goldgelb, glatt und kräftig war. Rob aß die Hälfte davon und den halben Laib Brot und wickelte den Rest wieder ein.

Er hörte Mikes Pfiff und sah ihn mit einem Kanister voll Wasser auftauchen. Rob trank gierig, und Mike sagte: »Ich werde später für Tassen und anderes Geschirr sorgen. Komm, wir wollen dieses Zeug nach drinnen bringen und verstauen.«

In der nahen Dunkelheit der Betonkammer legten sie die Sachen hin. Während Rob die Decken auspackte, fummelte Mike an etwas herum, das an einen tragbaren Lumiglobus erinnerte, aber eine andere, nicht so regelmäßige Form hatte. Er kramte ein Feuerzeug aus seiner Tasche und zündete es mit offener Flamme an. Ein sanftes Licht erglühte. Rob fragte ihn, was das sei.

»Das? Eine Petroleumlampe. Nein, ich nehme an, daß ihr so etwas nicht habt. Ich muß Pertroleum herbringen, aber sie ist noch ganz voll. Das Feuerzeug lasse ich dir auch lieber hier.« Es unterschied sich im Prinzip nicht wesentlich von den in der Konurba erhältlichen, war jedoch schwer und silbrig und nicht leicht und buntgemustert. »Du, es ist wohl klüger, wenn du den hinteren Raum als Quartier benutzt.«

Eine niedrige Tür am hinteren Ende führte in eine etwas größere Kammer. In der Ecke führten Stufen nach oben. Mike hielt die Lampe vor sich.

»Das ist der Weg hinauf zum Hauptteil, von dem ich dir erzählt habe. Trümmer blockieren ihn. Bleib hier. Ich will schnell hinausgehen und nachschauen, ob das Licht zu sehen ist.« Als er wiederkam, sagte er: »Ich bin ziemlich sicher, daß es in Ordnung ist, aber du solltest es nach Einbruch der Dunkelheit nochmals nachprüfen. Wenn Licht hinaussikkert, kannst du ja eine der Decken als Schirm aufhängen.«

Rob nickte.
Mike fuhr fort: »Ich werde dich jetzt verlassen. Seit ich nicht mehr in der Schule bin, kommt ein Hauslehrer zu mir. Ich bin schon spät dran. Ist sonst alles in Ordnung?«
»Ja. Und vielen Dank für alles.«
Mike winkte ab. »Morgen komme ich so früh, wie ich kann. Du brauchst nicht immer hier drin herumzuhocken, aber paß auf, wenn du draußen bist. Achte darauf, keine Spuren zu hinterlassen.« Er grinste. »Schlaf gut.«

Die Zeit verstrich sehr langsam. Rob ging zwar nach draußen, wagte sich aber nicht weiter als bis zur Lichtung. Augenblicke der Freude darüber, daß er eine Zuflucht gefunden hatte, wechselten mit Anwandlungen der Niedergeschlagenheit ab, in denen er dachte, daß er im Hinblick auf seine Zukunft genausogut hätte kehrtmachen oder sich selbst stellen können. Dazu kam ein Gefühl der Einsamkeit. Auf der Lichtung war es schon schlimm genug, aber noch schlimmer innerhalb der vier kahlen Wände der Kammer, an denen er seinen Schatten beobachtete.
Die Dämmerung setzte ein und vertiefte sich zur Dunkelheit. Rob prüfte von draußen nach, ob Licht zu sehen war; dann ging er hinein und aß den Rest des Brotes und des Käses. Danach sagte er sich, daß er sich ebensogut schlafenlegen könnte. Er rollte sich in die Decken und machte die Lampe aus.
Rob war sehr müde, da er in der letzten Nacht so wenig geschlafen hatte, und erwartete, daß er rasch einduseln würde. Die Härte des Bodens erwies sich dabei nicht als Hinderungsgrund, aber er dachte wieder an seine Verlassenheit in einem Hügel, umgeben von finsteren, rauschenden Bäumen. Und Tieren? Bei diesem Gedanken schrak er auf. Kaninchen waren harmlos, aber wie stand es mit anderen? Streiften vielleicht größere herum – vielleicht Wölfe? Er meinte, etwas gehört zu haben, und horchte angestrengt, aber vergeblich, um das Geräusch einzufangen und zu identifizieren. An Schlaf war nicht mehr zu denken. Er zündete

die Lampe wieder an und und schaute in den Vorderraum. Nichts. Er errichtete in der Türöffnung eine Barrikade aus dem Beutel und dem Kanister. Sie würde nicht einmal einem Kaninchen den Eintritt verwehren, aber sie warnte ihn vielleicht, wenn irgend jemand einzudringen versuchte.
Rob lag lange Zeit wach und sank dann in tiefen Schlaf. Er wurde durch eine Hand auf seiner Schulter wach, sah blinzelnd auf und erblickte Mike, der sich über ihn beugte.
»Tut mir leid, daß ich dich geweckt habe. Ich habe dir ein paar Würstchen mitgebracht und dachte mir, daß du sie gern essen würdest, solange sie noch einigermaßen warm sind. Auch Kaffee. Wie hast du übrigens geschlafen?«
Die Ängste der Nacht waren nur beschämende Hirngespinste. Rob sagte: »Danke, ganz gut.«

Mike kam jeden Tag, manchmal sogar mehrmals. Er brachte Nahrungsmittel und andere Sachen – Seife, frische Kleidungsstücke, Besteck, Geschirr und am dritten Tag ein zusammenklappbares Bett aus Holz und Segeltuch. Er fragte Rob, ob er sonst noch etwas haben wollte.
Rob antwortete: »Du hast wohl keine Bücher, die du mir leihen könntest, oder doch?«
»Bücher?«
Es klang erstaunt. Rob sagte:
»Abends ist es ziemlich langweilig.«
»Ja, das kann ich mir vorstellen. Ich dachte nur . . .« Er sah Rob forschend an. »Ich wußte nicht, daß die Leute in den Konurbas Bücher lesen.«
»Das tun auch nicht viele.«
»Komisch . . .«
»Was ist komisch?«
»Das man manches für selbstverständlich hält«, sagte Mike. »Was die Konurbas angeht. Aber auch, was den Landkreis angeht. Was uns selbst betrifft, nehme ich an.«
»Das habe ich auch gedacht. Ich meine, daß man manches einfach für selbstverständlich hält. Aber wenn es schwierig ist . . .«

»Schwierig?« Mikes Gesicht klärte sich auf. »Überhaupt nicht. Das nächste Mal bringe ich welche mit. Hast du irgendeine Vorliebe?«
»Historische und Abenteuerromane. Aber mir ist alles recht.«
Mike brachte ihm zwei Bücher, die in dickes braunes Leder gebunden waren und nach Alter rochen. Das eine war »Mr. Sponges Zeitvertreib«, das andere »Mein Leben am Sambesi«. Das erste befaßte sich mit der Fuchsjagd, das zweite schilderte das Leben im primitiven Afrika am Ende des 19. und zu Beginn des 20. Jahrhunderts. Später fragte Mike Rob, wie er denn mit den Büchern vorankomme.
Rob antwortete ausweichend: »Ganz ordentlich.«
»Surtees ist gut, was?«
Das war der Verfasser von »Mr. Sponges Zeitvertreib«. Rob sagte: »Ich verstehe nicht viel von Fuchsjagden. Werden immer noch welche veranstaltet?«
»Aber natürlich.«
»Nimmst du auch daran teil?« Mike nickte. »Macht es dir Spaß?«
»Und ob«, sagte Mike. »Ein Galopp am kühlen Morgen – das ist etwas Herrliches.«
»Ein Haufen Leute zu Pferd«, meinte Rob, »mit einer Hundemeute, die ein einziges kleines Tier zu Tode hetzen. Ist das nicht ein bißchen unfair?«
Mike starrte ihn an. Er erwiderte eisig: »Du hattest ganz recht, als du sagtest, daß du nichts davon verstündest.«
Der tadelnde Ton erinnerte Rob daran, wieviel er Mike zu verdanken hatte und wie abhängig er von ihm war. Er lenkte ein: »Das stimmt. In den Konurbas gibt es keine Füchse.«
Mike musterte ihn einen Augenblick und lachte dann.
»Nein. Wohl kaum. Das andere Buch hat übrigens irgendein Vorfahre von mir geschrieben. Er war Missionar und wurde später Bischof. Ein schrecklich langweiliger Kerl. Aber ich hatte es eilig und packte die ersten besten. Bis morgen suche ich dir ein paar Abenteuerromane heraus.«

Eines Abends wagte sich Rob weiter vor. Er kannte ungefähr den Weg, den Mike nach Hause einschlug, und folgte ihm, wobei er möglichst in Deckung blieb. Er gelangte schließlich zum Rande eines Felds, von dem aus man einen freien Blick hatte.
Die Straße wandte sich vom Fluß ab, machte einen scharfen Knick nach rechts und verschwand etwa fünfhundert Meter weiter hinter dem Kamm eines Hügels. Am Ende der Uferstraße stand ein grüngestrichenes Tor mit Steinpfeilern. Dahinter führte eine rötliche Auffahrt durch einen Park zu einem Haus, dessen Grundstück weiter unten vom breiten Silberband des Flusses begrenzt wurde.
Rob wußte, daß Mike dort leben mußte, obwohl es ihm schwerfiel, zu glauben, daß ein so großer Besitz von einer einzigen kleinen Familie bewohnt wurde – von Mike, seiner Mutter, seinem Vater und Cecily, seiner Schwester. Das Haus war aus grauem Stein und verwinkelt, so als wären verschiedene Teile zu verschiedenen Zeiten angebaut worden. Er versuchte die Fenster an der Vorderfront zu zählen, gab es aber auf. Die hinteren Gebäude bildeten mit dem Haupthaus ein L. Rob beobachtete, was dort vor sich ging: Pferde wurden vor eine schwarzgestrichene Kutsche mit kanariengelben Wagenschlägen gespannt. Dann fuhr die Kutsche in einem Bogen vor dem Haupthaus vor. Eine weibliche Gestalt, wie er erkennen konnte, kam die Freitreppe hinunter, begleitet von einem Mann in blauer Uniform, der ihr beim Einsteigen half. Rob hörte den fernen Ruf des Kutschers, und die Kutsche setzte sich in Bewegung, folgte der Auffahrt, rollte durch das Tor und verschwand auf der Straße hinter dem Kamm des Hügels.
Als Mike ihn das nächste Mal aufsuchte, erzählte Rob ihm, was er gesehen hatte. Mike nickte: »Meine Mutter, auf dem Wege zu den Caprons. Sie leben acht Kilometer von hier entfernt.«
»Ein Haus von dieser Größe«, sagte Rob. »Da kann man doch gar nicht alle Zimmer benutzen? Es ist ja riesig.«
»Riesig?« Mike war erstaunt. »Eigentlich nicht. Nur ein

durchschnittlich großes Landhaus. Und was die Zimmer betrifft, so sind ja noch die Bediensteten da.«
»Wie viele?«
»Bedienstete? Das weiß ich gar nicht genau. Etwa zwanzig. Ich meine, nur das Hauspersonal.«
»Zwanzig Leute, die für vier sorgen?«
»In etwa.«
»Warum finden sie sich damit ab?«
»Abfinden? Da gibt es überhaupt nichts, womit sie sich abfinden müssen. Sie haben kein schlechtes Leben, in keiner Hinsicht. Nicht viel Arbeit und allerlei Vorrechte. Sie finden, daß sie wesentlich besser dran sind als in einer Konurba: mehr Platz, besseres Essen, das Land – also alles in allem ein besseres Leben. Sie verachten die Konurbaner.«
»Und die Konurbaner verachten sie, weil sie wie die Sklaven leben.«
»Wie die Sklaven!« Mike grinste. »Das sag mal zu Gaudion, unserem Butler. Aber wenn beide Teile so denken, dann ist das eben ausgleichende Gerechtigkeit, nicht wahr? Jeder ist mit dem zufrieden, was er hat, und verachtet die anderen. Eine gute Lösung.«
Mikes Worte enthielten eine unheimliche Logik. Rob versuchte es auf einem anderen Weg. Er sagte:
»Warum habt ihr so primitive Transportmittel – Pferde und Kutschen statt Elektroautos? Sie können kaum so bequem sein und bestimmt nicht schneller fahren.«
»Was die Bequemlichkeit angeht, so bin ich da gar nicht so sicher. Moderne Kutschen sind sehr komfortabel und ausgezeichnet gefedert. Man fährt überaus angenehm darin. Und was die Geschwindigkeit betrifft – wozu die Eile? Alle haben genügend Zeit und kennen keine Hetze.«
»Das mag sein.«
Aber irgendwie war Rob nicht befriedigt. Es war einer jener Augenblicke, in denen er erkannte, daß er sich in einem fremden und sonderbaren Land befand – daß sich Mikes Denkweise grundlegend von seiner eigenen unterschied.

Nach und nach bekam seine Höhle ein etwas häuslicheres Aussehen. Mike hatte ein paar alte Matten gebracht sowie einen Klappstuhl und eine Kiste, die als Tisch diente –, aber das Beste von allem war ein tragbares Öfchen, das, wie die Lampe, mit Petroleum brannte.
Er konnte sich selbst etwas kochen, und Mike fiel es oft leichter, ihm rohe Eier, Steak und so weiter zu beschaffen, als Lebensmittel aus der Speisekammer. Die ganze Nahrung hier war, wie er feststellte, anders als alles, woran er gewöhnt war: Sie sah hübscher aus und schmeckte besser. Er kochte im Vorderraum, denn dort verflüchtigten sich die Gerüche schneller in der frischen Luft. Um seine Sicherheit zu wahren, beschränkte er seine Kochkünste auf den frühen Morgen und den späten Abend. Mike hatte auch für eine Bratpfanne gesorgt. Eines Tages, ungefähr eine Stunde nachdem Mike gegangen war, benutzte Rob sie, um sich ein von Mike geliefertes Schweinekotelett zu braten.
Er hatte auch noch ein paar gekochte Kartoffeln übrig, die er in Scheiben schnitt und in das brutzelnde Fett warf. Seit einem Stück Pastete am Mittag hatte er nichts mehr gegessen und hatte nun einen Bärenhunger. Er kniete neben dem Öfchen und beugte sich vor, um die Zubereitung zu überwachen und den köstlichen Duft einzuatmen. Da hörte er ein leises Geräusch draußen vor der Türöffnung. Er war nicht mehr so wachsam wie zuvor; allmählich hatte er ein Gefühl der Geborgenheit entwickelt –, sah aber trotzdem auf. Wenn Mike aus irgendeinem Grund zurückgekommen wäre, so hätte er seinen Pfiff gehört. Ein Tier? Konnte sein. Aber dann vernahm er unverkennbar Schritte, und im flackernden Schein der Ofenflamme sah er, daß jemand in der Türöffnung stand und ihn anschaute.
Rob erstarrte.
Eine Stimme sagte: »Also hierher geht er immer.«
Es war eine Frauenstimme.

Fragen auf einer Gartenparty

Sie kam nicht herein, sagte aber zu Rob, er solle den Ofen ausmachen und zu ihr hinauskommen. Sie stand auf der Lichtung und beobachtete, wie er sich den Weg durch das Brombeergestrüpp bahnte.
Es war ein schöner Tag gewesen, und es herrschte noch etwas Helle. Er konnte sehen, daß sie um die Vierzig und mittelgroß war, schwarzes Haar und dunkle Augen hatte. Sie trug eine Jacke und einen Rock aus dickem braunen Stoff und schlichte Halbschuhe. Ein feiner scharlachroter Schal schlang sich um ihren Hals, und an ihren Fingern steckten mehrere Ringe, einer davon mit einem großen blauen Stein.
Sie sagte: »Ich bin Mikes Mutter. Ich wollte gern wissen, was hier vor sich geht.«
Ihre Stimme hatte eine strenge Note. Sie klang wie die eines Menschen, der daran gewöhnt war, daß seine Fragen beantwortet wurden, und zwar prompt. Rob erwiderte: »Ich hause nur hier. Ich habe nichts angestellt.«
Ihre Augen musterten ihn. Er wurde sich bewußt, wie verlottert er sicher aussah, und schämte sich. Sie sagte: »Ich möchte wissen, warum. Wer du bist und woher du kommst.«
Er erzählte es ihr stockend. Sie hörte ihm zu, ohne ihn zu unterbrechen oder ihm zu helfen, wenn er in Schwierigkeiten geriet.
Als er seine Geschichte beendet hatte, fragte sie: »Und dann?«
»Wie meinen Sie das?«
»Was geschieht jetzt? Du willst doch nicht etwa den Rest deines Lebens in einer unterirdischen Höhle verbringen, oder?«
»Wir haben das noch nicht richtig geplant.«
Sie stieß einen ärgerlichen Seufzer aus. »Nein, das war nicht anzunehmen. Ich glaube, ich sollte mich lieber einmal mit Mike darüber unterhalten.«
»Er weiß nicht . . .?«

»Das ich hier bin? Nein.«
Mike hatte ihn also nicht verraten. Rob schämte sich, daß er das überhaupt in Erwägung gezogen hatte. Er fragte: »Wie sind Sie dahinter gekommen?«
»Mike ist krank gewesen. Hat er dir das nicht erzählt?« Rob nickte. »Wir erhielten den Rat, auf ihn aufzupassen. Und er benahm sich seltsam – ging häufiger fort und blieb länger weg. Außerdem verschwanden auf einmal Sachen aus dem Haus. Vor allem Nahrungsmittel. Ein Haushalt ist besser organisiert, als du und er es sich wahrscheinlich vorgestellt haben. Die Haushälterin ist mir Rechenschaft schuldig, die Köchin der Haushälterin, die Küchenmädchen der Köchin. Das Stopfen eines weiteren Mundes hinterläßt Spuren.«
»Es tut mir leid.«
»Es braucht dir nicht leid zu tun. Ich erzähle dir nur, wie ich darauf kam, daß es noch jemanden geben müsse. Er schlug immer diese Richtung ein. Heute fand ich Captain unten beim Fluß angebunden. Wenn man jemanden verstecken will, so eignet sich diese Höhle besonders gut dazu.«
»Sie kannten sie demnach? Mike sagte, er habe sie entdeckt. Sie war völlig überwuchert.«
»Das ist nach über zwanzig Jahren nicht weiter verwunderlich. Ich pflegte als Mädchen hierherzukommen – Mikes Vater ist mein Vetter. Wir haben sie damals entdeckt.« Sie betrachtete die Brombeersträucher, als riefe sie sich eine ferne Zeit in die Erinnerung zurück. »Ich erinnere mich, daß wir in ihr sogar kampiert haben.«
Wenn sie so redete, war sie weniger einschüchternd. Aber dann wandte sie sich mit gerunzelter Stirn wieder ihm zu. »Wir haben noch immer nicht entschieden, was wir mit dir anfangen sollen. Es ist vielleicht das beste für dich, wenn du mich jetzt nach Hause begleitest.«
Er sagte: »Ich bin hier gut aufgehoben. Wirklich.«
Sie schwieg einen Augenblick unschlüssig. Dann sagte sie: »Vermutlich macht eine Nacht mehr oder weniger nichts aus, nachdem du schon so lange hier gehaust hast. Ich komme morgen wieder. Hast du es auch warm genug?«

»Mike hat mir ein paar Decken gebracht.«
»Ja, ich weiß. Reichen sie?« Rob nickte. »Dann will ich dich nicht länger von deinem Abendessen abhalten. Was brätst du dir denn? Es roch nach Schweinefleisch.«
»Ein Kotelett.«
»Achte darauf, daß es auch richtig gar wird. Bei Schweinefleisch soll man nichts riskieren. Gute Nacht, Rob.«

Rob dachte nach, was er jetzt tun solle. Sein erster Gedanke war, sich auf und davon zu machen, solange er noch Gelegenheit dazu hätte. Er könnte schon meilenweit von hier entfernt sein, bis sie wiederkäme. Er war für das Landstreicherleben besser gewappnet als zuvor, nicht nur körperlich und seelisch, sondern auch durch die verschiedenen Gegenstände, die Mike ihm gegeben hatte. Allein schon das Messer war eine große Hilfe. Es war besser, weiterzufliehen, als hier auf das Unvermeidliche zu warten. Sie hatte gesagt, daß es so nicht weitergehen könne – ein Erwachsener mußte die Dinge so betrachten; und das Nächstliegende war, ihn in die Konurba zurückzuschicken.
Der Gedanke an Mike hielt ihn davon ab. Er war inzwischen von ihm abhängig, nicht nur wegen der materiellen Hilfe. Er wollte mit ihm darüber reden. Er spielte mit dem Gedanken, zu dem Haus zu gehen, irgendwie hineinzugelangen und Mike aufzustöbern. Aber das ließ sich nicht durchführen. Er würde so gut wie sicher dabei erwischt, was die Sache nur noch schlimmer machen würde. Und selbst wenn er nicht geschnappt werden würde, so würde er niemals Mikes Zimmer in einem Haus finden, das so viele Räume hatte. Das Wetter half ihm, seine Unschlüssigkeit zu überwinden. Als er nach dem Abendessen auf die Lichtung hinaustrat, stellte er fest, daß es zu nieseln begonnen hatte. Und als er später nochmals nachschaute, goß es in Strömen. Rob zog sich in seine von der Petroleumlampe beleuchtete Kammer zurück und legte sich ins Bett.
Einen Fluchtversuch könnte er auch noch am nächsten Morgen unternehmen.

Aber am Morgen regnete es weiterhin heftig, und es sah ganz danach aus, als hätte es das die ganze Nacht getan. Die Brombeersträucher überschütteten ihn mit Tropfen, als er sie auseinanderbog, und draußen war alles – die Lichtung und der Wald – durchweicht und triefte. Entmutigt und unentschlossen kroch er zurück. Er hatte noch immer Zeit, davonzulaufen, denn es war unwahrscheinlich, daß irgend jemand aus dem Haus zu ihm käme, solange es regnete. Aber wenn er davonliefe, wohin sollte er sich dann wenden? Er war zwar besser für das Landstreicherleben ausgerüstet, aber sich auch über die damit verbundenen Nachteile klarer. Es konnte, wie Mikes Mutter zu Recht bemerkt hatte, kein Dauerzustand sein, in einer unterirdischen Höhle zu hausen. Nach ein paar Stunden hörte es auf zu regnen, und schon bald wurde der Himmel wieder blau. Rob nahm seine Sachen und ging zum Fluß, um sich zu waschen. Es gab dort eine geschützte Stelle – eine flache Felskante über einem Tümpel. Als er zurückkam, hörte er Mikes Pfiff. Er blieb stehen und hörte ihn nochmals. Er mußte jetzt einen Entschluß fassen. Langsam ging er zur Lichtung weiter. Die Sonne war durchgebrochen, und das Gras dampfte vor Hitze. Vor der Höhle stand Mike mit seiner Mutter.
Mike sagte: »Du bist also immer noch hier? Ich war mir dessen nicht ganz sicher.«
Rob fragte sich, ob in Mikes Stimme nicht eine gewisse Enttäuschung mitklang. Es hätte auch für Mike ein Problem gelöst, wenn er in der Nacht geflohen wäre. Er nickte. »Ja, ich bin immer noch hier.«
»Wir müssen miteinander reden«, sagte Mikes Mutter.
Ihr Gesicht sah im Tageslicht faltiger aus, als er es in Erinnerung hatte. Es war ein starkes Gesicht mit tiefliegenden, engstehenden Augen und einer langen geraden Nase. Sie hatte ein Muttermal auf der rechten Wange. Sie trug ein ähnliches Kostüm wie gestern, doch dies war erikafarben. Ihr Parfüm kitzelte in der Nase. Sie sagte: »Es wird nicht leicht sein.«
Ihre Augen musterten ihn, und ihre Stimme mit dem stren-

gen Tonfall stempelte ihn als lästigen Eindringling ab. Rob warf Mike einen Blick zu, aber dessen Gesichtsausdruck war unverbindlich. Rob versuchte, jeglichen Groll aus seiner Stimme zu verbannen, und sagte: »Es kommt schon alles wieder in Ordnung. Ich kann ja meinen Weg fortsetzen.«
»Wohin?«
»Irgendwohin. Ich schaffe es schon.«
»Du bist noch ein Junge«, sagte sie. »Ich zweifle, ob du schon so alt wie Mike bist. Außerdem kannst du nirgends hingehen. Wir leben in einer zivilisierten Welt, in die sich die Leute einfügen müssen. Am besten würdest du dahin zurückgehen, woher du kommst, in die Konurba.«
Rob schüttelte den Kopf. »Nein!«
»Ich habe mir überlegt, ob ich dich anzeigen soll«, sagte sie. »Nur in deinem eigenen Interesse. Du hattest dort Schwierigkeiten. Die hat jeder und überall. Du könntest die Sache einrenken und die Dinge so nehmen, wie sie eben sind. Wir müssen uns alle anpassen.«
Rob schwieg. Er hätte davonlaufen sollen, als er noch Gelegenheit dazu hatte, aber solange sie ihn noch nicht angezeigt hatte, bestand Hoffnung. Wenn er sie überreden könnte, ein paar Tage, ja nur ein paar Stunden nichts zu unternehmen . . .
Sie sagte: »Ich möchte dich nochmals fragen: Bist du bereit, freiwillig zurückzugehen?«
»Nein«, antwortete er, »freiwillig nie.«
Sie zuckte die Achseln. »Das wäre also das. Mike und ich haben über dich gesprochen. Uns, ehrlich gestanden, sogar deinetwegen gezankt.« Sie schenkte ihrem Sohn ein leises Lächeln. »Er nimmt dich sehr ernst und möchte dir helfen. Die Frage ist nur – wie?«
Er wunderte sich über den Streit; sie sah nicht so aus, als ob sie leicht nachgeben würde. Ihm fiel Mikes Krankheit ein und was er über seine Gehirnentzündung gesagt hatte. Sie behandelte ihn vielleicht bewußt mit Nachsicht – weil ihr das möglicherweise empfohlen worden war. Obwohl Mikes Gehirn in Ordnung zu sein schien, soweit er es beurteilen konn-

te. Rob sagte: »Wenn ich nur noch eine kurze Weile hier bleiben könnte . . .«
Sie erwiderte schroff: »Das hat keinen Sinn. Wir müssen eine vernünftige Lösung finden. Wenn du nicht in die Konurba zurückwillst, mußt du im Landkreis leben. Wir können dich nicht zu den Bediensteten stecken – die würden zu viele Fragen stellen. Also müssen wir dich irgendwie in die Familie aufnehmen.«
»Aber ich gehöre nicht . . .«
»Nein, du gehörst nicht zum Landadel, und das zeigt sich in vielerlei Hinsicht. Zum Beispiel an deiner Sprechweise. Deshalb müssen wir eine Erklärung für deine Herkunft und deine Erziehung finden. Du hast eine Geschichte nötig, die glaubhaft klingt, aber sich nur schwer oder gar nicht nachprüfen läßt. Ich glaube, wir müssen aus dir einen nur sehr entfernt mit uns verwandten Neffen machen.«
Ihn beeindruckte die Selbstsicherheit, mit der sie sprach. Es klang fantastisch, aber er hatte das Gefühl, daß es klappen könnte, wenn sie das behauptete.
Sie fuhr fort: »Du hast einen dunklen Teint. Du könntest als jemand gelten, der lange in Asien gelebt hat. Zum Beispiel als Sohn einer Kusine von mir, die in Nepal lebt und nach dem Tod ihres Mannes beschlossen hat, dich in England auf die Schule zu schicken. Nepal ist genau das richtige Land. Der König rät westlichen Reisenden und Siedlern seit Jahren davon ab, das Land zu besuchen, und die Europäer, die dort leben, stehen mit ihrer Heimat kaum noch in Verbindung. Jeder kleine Fehler in deiner Sprechweise oder in deinen Manieren würde diesen Umständen zugeschrieben.«
»Haben Sie dort wirklich eine Kusine?« fragte Rob.
»Wenn du mit einer Dame sprichst«, sagte sie, »so mußt du sie mit Madam anreden. Das ist vermutlich sogar in Nepal Sitte.«
Er spürte, wie er rot wurde. »Entschuldigen Sie bitte.« Und fügte hinzu: »Madam.«
»Das ist schon besser. Ja, ich habe dort eine Kusine. Sie heißt Amanda, und ihr Mann starb vor einem Jahr. Sie hat

zwar keine Kinder, aber das weiß hier kein Mensch. Deinen Vornamen behältst du lieber, aber du wirst fortan Rob Perrott und nicht mehr Randall heißen.«
»Ja«, sagte er. »Ja, Madam.«
»Mikes Vater kennt natürlich die ganze Geschichte und ist damit einverstanden. Aber Cecily haben wir nicht ins Vertrauen gezogen. Sie ist noch zu jung und könnte gegen ihren Willen etwas Falsches sagen.«
Rob sagte: »Ich werde Ihnen zur Last fallen – Madam.«
Sie stritt es nicht ab, sondern sagte: »Du wirst uns die Sache erleichtern, wenn du die hier üblichen Umgangsformen schnell lernst. Und du mußt noch viel lernen.«

Rob war angeblich von Nepal zum Londoner Flughafen geflogen und von dort aus zu dem Hubschrauberlandeplatz einer zwanzig Kilometer entfernten Kleinstadt. Dieses Scheinmanöver sei, wie Mrs. Gifford erklärte, wegen der Bediensteten nötig, die hinsichtlich des Neuankömmlings natürlich neugierig sein würden. Mike sollte ihn zu dem Landeplatz bringen, wo ihn dann die Giffords abholten.
Mike brachte zwei Pferde, und sie ritten zusammen über das Land. Für Rob war es ein unangenehmer und unbehaglicher Ritt. Das zweite Pferd war laut Mike zwar ein müder alter Gaul, aber Rob hatte trotzdem Angst. Mike gab ihm gute Ratschläge und Ermahnungen, die ihm freilich nicht viel nützten. Er erkannte, daß er reiten lernen mußte, wenn er im Landkreis lebte, und die Vorstellung bedrückte ihn.
Er fühlte sich ganz allgemein bedrückter, als es begründet schien. Er versuchte, sich selbst einzureden, was für ein Glück er hatte. Er war nicht zur Konurba zurückgeschickt worden und brauchte nicht mehr als gehetzter Flüchtling zu leben. Statt dessen hatte er nun ein Zuhause, eine Herkunft, eine Familie.
Andererseits hatte er ein Gefühl der Hilflosigkeit, der Abhängigkeit. Er war auf ihre Freundlichkeit völlig angewiesen und mußte sich ihren Forderungen fügen. Mike war in Ordnung, aber Mrs. Gifford ängstigte ihn, und der Gedanke,

daß Mr. Gifford es nicht einmal der Mühe wert fand, ihn in der Höhle aufzusuchen, war alles andere als ermutigend. Er wußte, obwohl es nicht ausgesprochen worden war, daß er nur eine Bewährungsfrist erhalten hatte. Das Ganze konnte nur ein Trick sein, bis Mike wieder zur Schule ging. Wenn Mike fort wäre, könnten die Giffords ihn einfach der Polizei übergeben.
Der Hubschrauberlandeplatz lag nicht direkt in der Stadt, sondern in deren Nähe. Hubschrauber schienen aus einem grünen Brachfeld aufzutauchten und darin zu verschwinden. Mike erklärte, daß der Landeplatz in einer künstlichen Grube angelegt worden sei, um die Landschaft nicht zu verschandeln. Landschaften wurden im Landkreis sehr ernst genommen. Ein kleiner Hain an einer Seite verbarg den Abstellplatz für die Kutschen. Sie banden dort die Pferde an, ehe sie die gewundene Rampe hinuntergingen. Der Landeplatz war rund und hatte einen Durchmesser von ungefähr hundert Metern. Es gab Reparaturgrotten für die Hubschrauber, Warteräume, ein Restaurant, ein Café und einen Souvenirladen. Die Leute saßen auf gepolsterten Bänken oder spazierten herum, die Frauen in langen Kleidern, die Männer in taillierten dunklen Anzügen.
Mike sagte: »Da drüben ist ein Waschraum, in dem du dich zurechtmachen kannst. Ich werde dich jetzt verlassen. Mama und Papa sind in etwa einer halben Stunde hier. Ich bringe die Pferde heim. Okay?«
Rob nickte. »Okay.«
Im Waschraum führte ihn ein weißhaariger Aufwärter in grauer Uniform mit Silberknöpfen zu einer Zelle. Sie war mit dunklem Holz getäfelt und enthielt blitzende Spiegel, sowie ein Marmorbecken, in das dampfendes Wasser aus blankpolierten Messinghähnen sprudelte. Rob wusch und bürstete sich. Sein Spiegelbild sah ihm dabei zu. Die Sachen, die er zum Anziehen bekommen hatte, paßten einigermaßen. Im Vergleich zu der Kleidung in der Konurba waren sie recht eintönig, in seinem Fall setzte nur eine grüne Krawatte einen Farbakzent, aber der Stoff fühlte sich kostbarer an.

Er fand es seltsam, dem Aufwärter ein Trinkgeld zu geben, wie Mike es ihn geheißen hatte, und es berührte ihn noch merkwürdiger, daß der alte Mann die Hand an die Schirmmütze hob, als er es entgegennahm. Rob meinte, daß er sich allmählich an solche Dinge gewöhnen würde. Er ging nach draußen, um auf die Giffords zu warten.
Das Haus war von innen noch eindrucksvoller als von außen.
Es gab so viel Platz, so viele Zimmer, so viel blankpoliertes Parkett. Alle Möbel sahen jahrhundertealt aus, und Mike sagte ihm, daß die meisten das auch seien. Im Landkreis gebe es geschickte Handwerker, die alte Stile getreu nacharbeiteten, aber die Gegenstände hier hätte die Familie größtenteils aus der ursprünglichen Epoche geerbt. Die Wände waren nicht in bunten Mustern mit Plastikfarben gespritzt, sondern mit verziertem Papier bekleidet, dessen Oberfläche sich seidig anfühlte. Blumenarrangements standen in Vasen und Schalen – keine künstlichen Blumen, sondern echte, im Garten geschnittene und jeden Morgen von Mrs. Gifford gesteckte. Gemälde hingen in mattgoldenen Prunkrahmen, darunter viele Porträts von Männern und Frauen in altmodischer Kleidung. Mikes Vorfahren, wie Rob sich sagte.
Zahllose Schlafzimmer lagen im ersten Stock. Rob bekam das neben Mikes, mit dem er ein Badezimmer teilte. Es war hübsch und schlicht eingerichtet und gewährte Aussicht über den Rasen bis hinunter zum Fluß. Als er von einem Diener hineingeführt wurde, brannte ein Holzfeuer in einem offenen Kamin. Es knisterte, sprühte manchmal Funken und roch nach beißendem Rauch. Rob betrachtete es gerade, als Mike klopfte und hereinkam.
»Zufrieden?« fragte er.
Rob sagte: »Ja.« Er zeigte auf den Lumiglobus an der Wand über dem Bett. »Ich dachte, ihr würdet Petroleumlampen benutzen?«
»Das tun wir auch – unten. Aber nicht in den Schlafzimmern. Auch nicht in den Gesindekammern.«

»Warum?«
»Also . . . weil es alle tun. Das ist bei uns so Sitte.«
»Sitte« – Rob sollte lernen, daß dieses Wort oft angewendet und nie in Frage gestellt wurde. Diesmal fragte er freilich: »Warum dieses Durcheinander? Warum ist nicht entweder alles altmodisch oder alles modern?«
Mike zögerte. »Das habe ich mir eigentlich nie überlegt. Es ist, wie gesagt, Sitte. Manche Dinge werden benutzt, andere dagegen nicht. Nimm nur die Maschinen. Da ist der Straßenleger, und die Bauern gebrauchen auf den Feldern Maschinen. Das Personal hat elektrische Geräte zum Putzen und so weiter. Mein Vater hat einen elektrischen Rasierapparat, obwohl manche Männer – vermutlich die meisten – sich mit Wasser und Seife rasieren. Es gibt da keine festen Regeln. Man weiß – ja man weiß einfach, was sich gehört.«
»Wie steht es mit der Holovision?«
Mike schnitt eine Grimasse. »Um Himmels willen, nein!« Er legte Rob die Hand auf die Schulter. »Du wirst es schon bald kapieren.«

Mr. Gifford war ein wortkarger, ziemlich furchterregender Mann. Wenn er den Mund aufmachte, redete er abgehackt, was Rob anfangs als Mißbilligung deutete. Er versuchte, ihm möglichst aus dem Wege zu gehen. Das wurde ihm durch die Tatsache erleichtert, daß Mr. Gifford die meiste Zeit seinem Hobby widmete: dem Züchten und Pflegen von Zwergbäumen im Gewächshaus.
Ungefähr eine Woche nach seiner Ankuft stellte Rob fest, daß niemand im Gewächshaus war, und wagte sich hinein. Mike wurde gerade vom Hausarzt untersucht, der auf einem prächtigen Rappen erschienen war. Drinnen standen kleine Bäume in Töpfen auf Bretterreihen, und auch eine Miniaturlandschaft mit einem Fluß war vorhanden, der durch einen Wald aus Eichen und Tannen, Ahorn, Buchen und Ulmen zu einem Teich rieselte, in dessen Wasser die Blätter winziger Trauerweiden hingen.
Besonders der rieselnde Fluß faszinierte Rob. Er konnte ein

leises Surren hören und fand seinen Verdacht bestätigt: Eine elektrische Pumpe hielt das Wasser in Bewegung. Es mußte sich um ein weiteres Beispiel dafür handeln, daß es erlaubt sein konnte, technische Hilfsmittel anzuwenden. Allmählich konnte Rob darin einen gewissen Sinn erkennen. Apparate mußten auf Schlaf- und Badezimmer, sowie Gesindekammern beschränkt bleiben. Sie waren nur dann im Haus gestattet, wenn sie einen bestimmten Zweck erfüllten, der zu dem zählte, was sich gehörte. Etwa eine Miniaturlandschaft. Er vernahm, daß sich die Tür hinter ihm öffnete, drehte sich erschrocken um und erblickte Mr. Gifford, der hereinkam. Er sagte: »Ich habe nichts angefaßt, Sir. Ich habe es mir nur angesehen.«
Mr. Gifford sagte: »Interessierst du dich für Bonsai?«
Rob sagte: »Meinen Sie damit diese Bäume? Dann ja, aber ich habe so etwas noch nie gesehen.«
Das genügte, um Mr. Gifford in Fahrt zu bringen. Seine Schweigsamkeit verschwand; er redete zwar immer noch abgehackt, aber seine Worte überstürzten sich bei seinen Erklärungen und Demonstrationen. Wie Rob jetzt erkannte, drückte die abgehackte Sprechweise keinen Tadel aus, sondern rührte von Verlegenheit her. Mr. Gifford zeigte ihm verschiedene Zuchtmethoden: aus Samen, durch Stecklinge oder Ableger. Säen sei zwar die beste, aber auch langsamste Methode. Bei allen anderen erhalte man nie die gleiche Eleganz der Wurzelbildung. Die Wurzel sei der Schlüssel zu gutem Bonsai. Im Winter müsse man sie beim Umpflanzen behutsam beschneiden. Dann sei da noch das Ausdrücken und Stutzen – wobei ersteres immer den Vorzug verdiene. Eine vorsichtig zwischen Daumen und Zeigefinger oder mit einer stumpfen Pinzette abgezwickte Knospe hinterlasse keine Spuren. Beim Stutzen entstehe dagegen immer ein Stumpf, der die natürliche Eleganz des Baumes beeinträchtige.
Dann sei da noch die Formgebung. Wenn der Saft fließe, könne man die Zweige oder den Stamm krumm oder gerade biegen, indem man Gewichte daran hänge oder sie mit festem Draht verankere. Wenn man Gewichte benutze, um

einen Zweig zu beugen, müsse man immer für ein Gegengewicht auf der anderen Seite des Stammes sorgen, damit die Wurzeln sich nicht höben. Mr. Gifford zeigte Rob eine Eiche mit gespaltenem Stamm, der zu beiden Seiten über den Rand des Topfes hing. »Erst fünf Jahre alt.« Er schüttelte den Kopf. »Ich mache es nicht oft – ich meine, die gewaltsame Züchtung von Kriechpflanzen. Finde es immer unnatürlich. Das hier ist aber etwas anderes.«
Er durchquerte das Treibhaus, und Rob folgte ihm. Dann zeigte Mr. Gifford auf die künstliche Landschaft und sagte: »Siehst du den Kamm des Hügels? Ich habe mir vorgestellt, daß da eine bestimmte Windrichtung vorherrscht. Zum Beispiel Westwind. Der genau dort die Bäume trifft. Siehst du, daß sie alle vom Wind gekrümmt sind, sich alle in eine Richtung neigen? Natürlich hat nie ein Wind geblasen, nicht einmal eine leichte Brise. Topftraining hat das bewirkt.«
»Es sieht sehr realistisch aus«, sagte Rob.
»Nicht wahr, das tut es? Ich freue mich, daß du dich so dafür interessierst. Komm her, wann immer du Lust hast. Wenn du willst, kannst du eigene Experimente machen.«
Rob dankte ihm.
Mr. Gifford sagte: »Ableger sind am besten geeignet, wenn man schnell etwas vorweisen möchte. Ihr jungen Leute seid ja immer ungeduldig. Die chinesische Methode, mit Ablegern umzugehen, ist ganz einfach. Statt den Zweig in den Boden zu stecken, bringt man die Erde zum Zweig. Finde eine gutgeformte Baumspitze, schneide die Rinde an der Stelle rundherum ab, an der sie Wurzeln treiben soll, und verpacke sie in feuchtem Torfmoos und Kompost. Es kann vielleicht ein bis zwei Jahre dauern, ehe sich die Wurzeln bilden, aber dann erhält man einen Baum, der die zehnfache Zeit oder noch mehr benötigen würde, wenn man ihn aus Samen zöge. Den hier zum Beispiel . . .«

Es war nicht schwer, mit Mikes Schwester Cecily auszukommen. Sie war ein elfjähriges, schlankes dunkelhaariges Mädchen, das bis auf die blauen Augen Mike nicht ähnlich sah. Sie war eine große Schwätzerin – der Familie, der Dienerschaft sowie den zahlreichen Katzen und Hunden gegenüber, die im Haus ein und aus gingen. Sie hatte eine angenehme Stimme, hell und melodisch. Nur ihre Neugier war Rob etwas lästig. Sie war nicht nur begeistert von ihrem neuen Vetter, sondern brannte auch darauf, alles über ihn zu erfahren. Mrs. Gifford schalt sie, weil sie ihm lauter persönliche Fragen stellte, aber Rob konnte an dem rebellischen Blick ihrer Augen erkennen, daß dies keine bleibende Wirkung haben würde. Schließlich würde sie ihn für sich allein haben und ihre Versuche erneuern.

Er fand Hilfe in der Bibliothek. Es war ein etwa fünf Meter breiter und sieben Meter langer Raum, dessen Wände fast ganz mit Regalen hinter Glas gesäumt waren, die beinahe bis zur rosettenverzierten Decke reichten. Darauf standen lauter meist in Leder gebundene Bücher. Tausende – mehr als der gesamte Bestand der öffentlichen Bibliothek, und alle nur zum Gebrauch einer einzigen kleinen Familie.

Augenblicklich, wie er mit einer Mischung aus Überraschung und Genugtuung feststellte, nur zu seinem eigenen Gebrauch. Keiner der Familie schien hierher zu kommen, und er konnte die Bücher verschlingen, ohne dabei gestört zu werden. Er tat dies vor allem dann, wenn Mike mit seinem Hauslehrer beschäftigt war, und las stundenlang in einem Sessel neben einem der hohen Spitzbogenfenster.

Die Bücher waren zwar verschiedener Art, hatten aber eines miteinander gemein: Keines war innerhalb der letzten dreißig oder vierzig Jahre veröffentlicht worden. Großer Nachdruck wurde auf das Landleben und ländliche Vergnügungen gelegt – Band für Band behandelte das Angeln mit einer Fliege, die Jagd, alle Aspekte der Pferdehaltung und des Reitens. Auch alte Biographien waren zahlreich vertreten – Memoiren des Landadels und derjenigen, die während der Kolonialzeit in Übersee gelebt hatten. Das brachte Rob auf eine Idee, und er suchte nach Werken über Nepal. Er fand mehrere, las sie und machte sich innerlich Notizen. Wenn Cecily ihn mit Fragen bedrängen würde, war er gewappnet.

Die Informationen waren seit mindestens einem halben, wenn nicht sogar einem ganzen Jahrhundert veraltet, aber laut Mrs. Gifford hatten es die Herrscher von Nepal vorgezogen, primitiv zu bleiben, so daß Rob hoffen durfte, daß sich inzwischen nicht allzuviel geändert hatte. Rob erzählte Cecily von den Dörfern, die an Berghängen hingen, die ihrerseits von der schneeweißen Majestät der Himalaya-Gipfel überschattet wurden. Er erzählte ihr von dem Pflügen steiniger Felder mit Ochsen und den zotteligen Yaks, die eigentlich aus Tibet stammten, vom Frühling, in dem vielerlei Blumen – scharlachrote Poinsettien, malvenfarbenes Ageratum, Daturas mit trompetenförmigen Blüten – aus der Erde sprossen und sich entfalteten, von dem brennendheißen Sommer und dem eiskalten Winter.
Cecily klatschte entzückt in die Hände und sagte: »Wie wundervoll! Wie hast du es nur ertragen können, von dort fort zu müssen?«
Später sagte Mike grinsend: »Du mußt Ciss ja dein Leben im Fernen Osten höchst eindrucksvoll geschildert haben. Sie bestand nämlich darauf, mir alles wiederzuerzählen – zumindest alles, was sie davon behalten hatte.«
Rob sagte: »Vielleicht habe ich etwas übertrieben.«
»Du hast sie jedenfalls überzeugt. Hast du dir das alles ausgedacht?«
Rob erzählte ihm von den Büchern, die er entdeckt hatte.
Mike nickte. »Das war eine gute Idee.«
Rob fragte: »Warum sind eigentlich keine neueren Bücher da? Ich weiß, daß in den Konurbas keine Bücher mehr gedruckt werden, aber hier verhält es sich doch sicher anders? Ich meine, ihr habt Privatbibliotheken.«
»Ich möchte annehmen, daß schon genügend erschienen sind. Man braucht ja ein ganzes Leben dazu, sie zu lesen. Und dabei gibt es doch noch so viel anderes zu tun. Wahrscheinlich wollten wir nicht noch mehr haben.«
»Schreibt heute keiner mehr Bücher?«
»Keine solchen Bücher. Manche Leute schreiben Aufsätze, Gedichte oder so etwas Ähnliches.« Er sprach mit toleranter

Interesselosigkeit. »Sie verlegen sie privat, nur in ein paar Exemplaren für Freunde. Oft nur handgeschrieben. Sieht hübsch aus.«

Rob kam mit Mr. Gifford, Cecily und natürlich mit Mike gut aus; dagegen nicht so gut mit Mrs. Gifford und der Dienerschaft. Bei letzterer war es ihm irgendwie noch weniger wohl zumute als bei der Dame des Hauses. Er kam mit ihrer Unterwürfigkeit nicht zu Rande und hatte das Gefühl, daß sie ihn hinter seinem Rücken auslachten, ja sogar die Wahrheit ahnten und nur darauf warteten, ihn anzuzeigen. Da war zum Beispiel Harry, der Stallmeister. Er hatte es auf sich genommen, Rob Reitunterricht zu geben und fand sich mit dessen Unkenntnis ab, ohne Fragen zu stellen oder zu murren. Er war ein strenger Lehrer, der ihn unerbittlich auf Fehler und Schwächen hinwies. Sein Ton auf dem Reitplatz war schroff und manchmal zornig. Rob verübelte ihm das, auch wenn es berechtigt war. Und er war verdutzt über die Veränderung, die außerhalb des Reitplatzes stattfand, wo der kleine O-beinige Mann, der älter war als sein Vater, als er starb, ihn mit »Master Rob« anredete und salutierte, indem er die Hand an die Stirn legte. Mike fand daran offensichtlich nichts Ungewöhnliches, sah zwischen diesen beiden Haltungen keinen Gegensatz, aber Rob konnte das nicht begreifen.
Auch Mrs. Gifford gab ihm manches Rätsel auf. Sie behandelte ihn mit ausgesuchter Freundlichkeit, aber er konnte ihrer nicht sicher sein. Er hatte erkannt, daß sie den größten Einfluß ausübte. Als Familienoberhaupt wurde Mr. Gifford zwar Respekt gezollt, aber er überließ alle Entscheidungen ihr. Rob wußte nicht, was sie schließlich über ihn entscheiden würde. Was sie vielleicht schon entschieden hatte, aber hinter der glatten Fassade ruhigen guten Benehmens verbarg.
Sie widmete ihm täglich einen Teil ihrer Zeit, um ihm die notwendigen Manieren beizubringen. Es gab davon eine schreckliche Menge – wie man mit einer Dame spricht, wie

man ein Zimmer betritt, wie man geht oder steht oder sich verbeugt, wie man ißt und trinkt, was man in einer höflichen Unterhaltung sagen darf und was nicht. Sie korrigierte seine Fehler und machte ihn auf das aufmerksam, was er am Tage zuvor falsch angestellt hatte, aber nicht grob und ungehalten wie der Stallmeister, sondern mit kühler Bestimmtheit, die noch bestürzender sein konnte. Manchmal, wenn sie ihn anlächelte und für etwas lobte, dachte er, daß sie ihn gern habe; ein andermal war er überzeugt davon, daß sie ihn als Bürde empfand und überhaupt nicht mochte. Er fürchtete sich vor den Sitzungen in dem kleinen Salon, in dem sie sich über ihre Stickerei beugte, und freute sich doch irgendwie darauf. Wenn sie ihn lobte, fühlte er sich wie im siebten Himmel.
Eines Abends sagte sie ihm, daß die Schule, zu der Mike im Herbst zurückkehren werde, ihn aufgenommen habe. Er fragte: »Muß ich dahin, Tante Margaret?«
»Aber selbstverständlich. Das ist doch der Grund, den wir für deine Heimkehr aus Nepal angegeben haben.«
Das hatte er vergessen. Er schwieg und dachte darüber nach. Eine weitere neue Lebensweise, an die er sich gewöhnen müßte: Die Probleme häuften sich. Es war kein Ende abzusehen.
Mrs. Gifford sagte, als könnte sie seine Gedanken lesen: »Rob, du darfst nicht glauben, daß es leicht sein wird. Wenn du als einer von uns gelten willst, mußt du sehr hart an dir arbeiten. Ja, sehr hart.«

Er war einer Reihe von Leuten – Nachbarn, dem Hausarzt, dem Tierarzt, der gerufen worden war, weil ein Pferd lahmte, – vorgestellt worden und hatte sich einigermaßen aus der Affäre gezogen. Er war nervös gewesen, aber entweder Mike oder Mrs. Gifford waren in seiner Nähe geblieben, um ihm aus der Klemme zu helfen. Er mußte sich einer schwereren Prüfung unterziehen, nachdem er seit drei Wochen zur Familie gehörte: Die Giffords gaben eine Gartenparty. Gastfreundschaft zu gewähren und zu empfangen, war eine der Hauptbeschäftigungen des Landadels. Es hatten bereits einige Abendgesellschaften stattgefunden, Einladungen zum Essen oder Trinken, von denen er und Mike auf Grund ihres Alters ausgeschlossen waren. Gartenpartys waren dagegen Nachmittagsveranstaltungen mit Kindern und alkoholfreien Getränken. Zu dieser wurden über zweihundert Gäste erwartet.

Wenn möglich fand sie im Freien statt. Nach mehreren kühlen und bewölkten Tagen mit gelegentlichen Regenschauern hatte es sich aufgeklärt, und es war ein schöner Tag. Ein Festzelt war auf dem Rasen aufgeschlagen worden, und ab kurz vor drei rollten Kutschen über die Auffahrt heran.

Rob stand im Kreise der Familie und wurde den eintreffenden Gästen vorgestellt. Sie waren alle elegant angezogen. Die Damen trugen lange Seiden- und Chiffonkleider und große bunte Fantasiehüte, die Männer Fräcke, graue Zylinder und Blumen im Knopfloch. Mrs. Gifford unterrichtete ihn leise über die nahenden Leute, und er verbeugte sich und gab ihnen die Hand, wie er es gelernt hatte, und erwiderte ihre Bemerkungen kurz und lächelnd.

Nach der Begrüßungszeremonie wurde er seiner offiziellen Pflicht entbunden, mußte aber bleiben und sich unter die Menge mischen. Ein kleines Hindernisreiten fand auf dem Reitplatz statt, auf dem Hindernisse aufgestellt worden waren, und Rob schaute zu, wie Mike dabei den vierten Platz belegte. Er ritt gegen Männer, und sein Ritt erhielt Beifall. Er zog seine Reitmütze ab, um dafür zu danken. Rob beneidete ihn – nicht wegen des Erfolges, sondern weil er ganz dazugehörte. So viel er auch erlernen und abgucken mochte, er wußte, daß er immer ein Außenseiter, ein Fremder in dieser Welt bleiben würde.

Die Leute strömten vom Reitplatz zum Erfrischungszelt, und Rob folgte ihnen. Weitere Sportveranstaltungen waren vorgesehen: Bogenschießen und Kanuwettfahren auf dem Fluß. Er dachte gerade an die Limonade, die im Gegensatz zu der in den Konurbas aus echten Zitronen gemacht wurde, als er angesprochen wurde.

Er erblickte zwei Männer, der eine in mittlerem Alter, der andere schon recht betagt. Ersterer, eine untersetzte stämmige Gestalt mit geschwungenem Schnurrbart und einer tiefen Kerbe am Kinn, hatte seinen Namen gerufen, und Rob erkannte ihn. Mrs. Gifford hatte ihm zugeflüstert, daß es Sir Percy Gregory, der Gouverneur des Landkreises und eine wichtige Persönlichkeit, sei. Der andere größere und weißhaarige Mann war, wie Rob sich undeutlich erinnerte, in einer Gruppe an ihnen vorbeigezogen.
Rob verbeugte sich leicht und fragte: »Meinen Sie mich, Sir?«
»Das ist der Junge, Harcourt.« Sir Percy nickte seinem Begleiter zu. »Der Sohn von Maggie Giffords Kusine.«
Harcourt nickte ebenfalls. Er hatte kleine scharfe Augen hinter den Gläsern einer goldenen Brille: Kontaktlinsen für Männer waren auch etwas Ungebräuchliches im Landkreis. Er sagte: »Aus Nepal, wie Sir Percy mir erzählt hat. Eine kleine Welt. Ich habe als junger Mann eine Zeitlang dort gelebt.« Er lächelte schwach. »Das ist allerdings schon ein paar Jahre her.«
Rob hoffte, daß er sich seine Bestürzung nicht anmerken ließ. Er hielt nach Mrs. Gifford Ausschau, konnte sie aber nirgends erblicken. Er merkte, daß die beiden Männer ihn beobachteten, und versuchte zu lächeln.
»Es ist natürlich ein großes Land«, sagte Harcourt. »Über hundertvierzigtausend Quadratkilometer.«
Rob sagte dankbar: »Ja, Sir.«
Die Erleichterung war nicht von langer Dauer. Harcourt fragte: »Aus welcher Gegend kommst du?«
Rob dachte verzweifelt an das ausführlichste Buch, das er gelesen hatte, das aber leider nicht zu den neuesten gehörte, und sagte: »Aus Katmandu.«
»Dort war ich ein Jahr«, sagte Harcourt. »Kennst du die Dennings?«
Rob faßte den raschen Entschluß, daß es sicherer sei, eine Bekanntschaft zu verneinen, als sie zu bejahen, was zu weiteren und schwierigeren Fragen führen könnte. Er merkte

freilich, daß seine Entscheidung nicht richtig war, denn Harcourt furchte die Stirn und sagte: »Seltsam. Sie leben dort schon seit zwei- oder dreihundert Jahren.«
Harcourt sprach weiter von Katmandu und stellte gelegentlich Fragen, die Rob, so gut es ging, beantwortete. Er hatte das bedrückende Gefühl, daß es nicht gut genug war. Harcourts Stimme klang kritisch, und Rob vermeinte, daß Sir Percy ihn mißtrauisch musterte. Er wurde verwirrt und begann bei seinen Erwiderungen zu stammeln. Harcourt fragte: »Fällt Ihnen bei seiner Sprechweise, seinem Akzent, nichts auf?«
Sir Percy sagte: »Klingt etwas ungewöhnlich.«
Rob raffte sich zusammen. Es war töricht gewesen, zu glauben, daß er so einfach davonkommen könnte. Er überlegte sich, ob sie auf der Stelle die Polizei rufen oder damit warten würden, bis die Gartenparty zu Ende wäre.
»Höchst ungewöhnlich«, sagte Harcourt. Er lachte krächzend. »Der typische Tonfall nepalesischer Siedler. Der alte Dumbo Denning sprach genauso. Ist vermutlich inzwischen tot, und sein Sohn sicher woandershin gezogen.' Er schüttelte sein greises Haupt. »Wie leicht gerät man doch in Vergessenheit.«
»Das ist wahr«, sagte Sir Percy. Er entließ Rob mit einem Nicken. »Kommen Sie, wir wollen sehen, ob wir irgendwo eine Tasse Tee auftreiben können.«

Die Revolutionäre

Es war ein schöner Sommer. Ein blauer und warmer Tag folgte dem anderen, nur morgens herrschte manchmal Nebel, aber die Sonne brach nach ein oder zwei Stunden durch und schien strahlend bis zum klaren milden Untergang. Ein- oder zweimal ballten sich Wolken zusammen, und es folgte rollender Donner, begleitet von einem Wolkenbruch, der das Land sauberwusch und glänzend zurückließ. Kein Mensch unter Fünfzig konnte sich an eine so schöne Jahreszeit erinnern, und sogar die älteren gaben zu, daß sie sich nur mit den herrlichen Sommern ihrer Jugend vergleichen ließ.
Es gab viel zu tun. Rob hatte jetzt ein eigenes Pferd, eine Apfelschimmelstute namens Sonnet, und auf ihr durchstreifte er mit Mike das Land. Fast jede Woche fand irgendwo eine landwirtschaftliche Ausstellung statt, mit Blumen, Obst und Gemüse, alles sorgfältig selbst gezüchtet und in langen von ihrer Duftmischung erfüllten Zelten vor den Jurymitgliedern ausgestellt. Dabei gab es auch immer Pferderennen. Rob nahm nie daran teil – er hatte zwar gelernt, einigermaßen zu reiten, aber er besaß keine besondere Begabung dafür. Doch schaute er zu, wie Mike mehrere Preise gewann. Dann war da noch die Regatta auf dem Fluß bei Oxford, mit Einzel- und Mannschaftsrennen, darunter ein Verfolgungsrennen, bei dem die Boote hintereinander starteten und ihren Gegner ausschalteten, sobald sie den Vorsprung aufgeholt hatten. Es wurde Kricket gespielt, ein Spiel, das in der Konurba in Vergessenheit geraten war, dessen Langsamkeit und Förmlichkeit und Friedlichkeit jedoch gut zum Landleben und zu den vielen warmen Sommertagen paßte. Es wurden Jahrmärkte und Partys abgehalten.
Eine Party hatte den wichtigsten Wettkampf des Jahres im Bogenschießen zum Mittelpunkt. Er fand dreißig Kilometer von Gifford House entfernt statt, und Mike und Rob ritten am Tage davor hin und schliefen in einem Zeltlager, das im

Park der Old Hall aufgeschlagen worden war. Die Old Hall war die Residenz des Gouverneurs, Sir Percy Gregory, der Schutzherr des Wettkampfes und selbst ein begeisterter Bogenschütze war.
Diese Sportart machte Rob besonders viel Spaß. Mike besiegte ihn zwar auch darin, wie in allem anderen, aber der Abstand war nicht so groß. Am Morgen erklärte Rob, daß er in ihrer Altersgruppe mitkämpfen wolle. Mike sah ihn erstaunt an, sagte aber: »Warum nicht? Eigentlich eine gute Idee.«
Rob hatte den Vorschlag aus einem Impuls heraus gemacht und neigte nun dazu, lieber davon abzusehen. Ungeachtet seiner mangelnden Geschicklichkeit, dünkte es ihn klüger, sich im Hintergrund zu halten. Er wurde zwar als Mikes Vetter aus dem Fernen Osten anerkannt, aber es war unsinnig, unnötige Aufmerksamkeit auf sich zu lenken. Er erwähnte Mike gegenüber seine Zweifel, aber der pflichtete ihm nicht bei.
»Du machst dich noch verdächtiger, wenn du an gar nichts teilnimmst. Außerdem ist das Teilnehmerfeld riesig.«
Es wurde in sechs Gruppen um den Einzug ins Finale geschossen, wobei Mike und Rob nicht aufeinandertrafen. Mike wurde in seiner Gruppe Zweiter, Rob in seiner Dritter und qualifizierte sich nur durch einen einzigen Punkt vor dem Jungen an vierter Stelle.
Aber er wurde immer besser. Im Finale hatte er einen guten Blick und eine sichere Hand. Er traf mehrmals ins Schwarze, was ihm starken Beifall eintrug. Er endete als Dritter. Mike, der nach ihm an die Reihe kam, schoß unausgeglichen und landete nur auf dem elften Platz.
Sir Percy überreichte Rob eine kleine silberne Medaille und sagte: »Gut geschossen, mein Junge. Eine gute Haltung. Ich nehme an, daß du dich in Nepal tüchtig im Bogenschießen geübt hast?«
Wie schön wäre es gewesen, darauf antworten zu können, daß er vor drei Monaten zum erstenmal Pfeil und Bogen gesehen hätte. Er sagte: »Ein bißchen Sir.«

»Mach weiter so. Du hast das Zeug zu einem ausgezeichneten Bogenschützen.«
Mike beglückwünschte ihn herzlich. Später änderte sich allerdings seine Stimmung hinsichtlich Robs Erfolg ein wenig. Nicht, daß er etwas daran auszusetzen hatte oder ihm gar grollte – er war eher verblüfft darüber. Er sprach es zwar nicht aus, aber es überraschte ihn offensichtlich, daß Rob ihn besiegt hatte – ihn in irgend etwas zu schlagen vermochte. Der Schüler hatte den Lehrer übertroffen, und das beschäftigte ihn. Es dämmerte Rob, daß die ganze Sache – einen flüchtigen Jungen aus der Konurba aufzunehmen und ihn als Mitglied des Landadels auszugeben – für Mike eine Art Sport gewesen war; und Mike hatte Rob gewissermaßen eher als Sportgerät betrachtet als einen Menschen mit seinen eigenen Rechten. Nachdem er ihm nun in dieser unwichtigen Angelegenheit den Vorrang hatte lassen müssen, war er gezwungen, ihn mit anderen Augen, ja mit Respekt zu sehen.
Rob nahm ihm das ein bißchen übel. Wenn er darüber nachgedacht hätte, so hätte er erwartet, daß Mike sich ihm überlegen fühlte, aber er hatte nicht darüber nachgedacht. Wollte es noch immer nicht tun. Und dennoch war es besser, daß es einmal zu Tage getreten war – schließlich hatte er Mike wirklich beim Bogenschießen besiegt. Er hatte ihm gezeigt, daß er nicht bloß jemand war, dem man aus einer Laune heraus half.
An jenem Abend, als sie im Dunkeln in ihrem Zelt lagen und die draußen am Himmel hin und her flitzenden Fledermäuse beobachteten, stellte Mike Rob Fragen über sein früheres Leben, über die Konurba. Das hatte er bisher noch nie getan. Wie jeder im Landkreis wußte er nur wenig von der Konurba: nur so viel, um verächtlich darauf hinabzublicken. Sie war der Wohnort des Pöbels, wo die Leute in Elektroautos herumsausten, wie die Sprotten zusammengedrängt waren, heisere Popmusik hörten, sich Holovisionssendungen und blutrünstige Spiele ansahen – meistens die Spiele *als* Holovisionssendungen. Es war der Ort, wo alle fabrikmäßig

hergestellte Nahrungsmittel aßen und Geschmack daran fanden, wo es zu Krawallen und Unruhen kam, wo niemand wußte, wie man sich anständig benahm, anzog oder Höflichkeiten austauschte, ja nicht einmal, wie man anständiges Englisch sprach. Es war der Ort, von dem man zwar wußte, daß es ihn gab, aber Gott dafür dankte, daß man dort nicht leben mußte, und ihn lieber schnell wieder vergaß.
Die Fragen waren eher persönlicher als allgemeiner Art – über Robs Familie, Leute, die er kannte, die Jungen im Internat. Über Robs Vater sagte Mike: »Nach dem Tod deiner Mutter muß er sehr einsam gewesen sein.«
»Vermutlich ja.«
»Ob er wohl je den Wunsch hatte, in den Landkreis zu ziehen? Er war doch schon einmal hier, als er deine Mutter kennenlernte.«
Das war Rob noch nie in den Sinn gekommen. Es könnte sein. Er hatte sich zwar vorgestellt, daß seine Mutter sich nach dem Leben zurücksehnte, das sie als Mädchen gekannt hatte, aber auch sein Vater hatte es mitgemacht, sei es auch nur kurz. Bei und nach ihrem Tode mußte er sich an diese Zeit erinnert und sie sich zurückgewünscht haben.
»Abgesehen von den Pendlern«, sagte Mike, »gibt es keinerlei Verbindung mehr. Konurbaner dürfen den Landkreis nicht betreten. Warum eigentlich nicht?«
»Sie wollen gar nicht hin.«
»Du hast es aber gewollt.«
Rob konnte kaum sagen, daß er eben anders war als die übrigen. Unbescheidenheit gehörte nach den Maßstäben des Landkreises zu den Todsünden. Er sagte: »Wenn sie herkämen, würden sie alles ziemlich durcheinanderbringen, oder etwa nicht? Sechzig Millionen ... mit Ferienlagern und Elektroautos und Gemeinschaftssingen und Krawallen, wenn sie betrunken sind ...«
»Aber doch nicht alle. Höchstens einige wenige.«
»In der Konurba gibt es nicht so etwas wie einige wenige«, sagte Rob. »Sie sind nur dann glücklich, wenn sie alle alles zur gleichen Zeit tun.«

Die Heftigkeit, mit der er das sagte, überraschte ihn selbst. Er erinnerte sich daran, daß er in der Konurba gelebt und sich bis zum Tode seines Vaters dort nicht unglücklich gefühlt hatte. Es war ihm bisher nicht klar geworden, wie sehr er sich an dieses leichtere luxuriösere Leben gewöhnt hatte, ehe Mikes Fragen ihm sein früheres wieder ins Gedächtnis riefen.
»Das habe ich mir immer gedacht«, sagte Mike, »aber ist das wirklich wahr? Die Leute, von denen du erzählt hast, scheinen sich nicht grundlegend von den Leuten hier zu unterscheiden. Es könnte doch darunter manche geben, die gern anders leben möchten, aber nicht wissen, wie sie es anstellen sollen! Wie vielleicht dein Vater.«
Rob rollte sich in dem Schlafsack, den er eigens zu diesem Ausflug geschenkt bekommen hatte und der dem Mikes aufs Haar glich, zur Seite. Ein Abglanz der Zufriedenheit über seinen Erfolg beim Bogenschießen vermischte sich mit angenehmer Müdigkeit. Er sagte gähnend: »Aber daran läßt sich nun einmal nichts ändern.«
»Vermutlich nicht«, sagte Mike. »Aber trotzdem . . .«
Rob sank in Schlaf.

Im September fuhren sie zusammen zur Schule. Sie gruppierte sich um eine alte Abtei, die seit der Zeit Heinrichs VIII. nicht mehr religiösen Zwecken diente, aber viel von ihrer ursprünglichen Form bewahrt hatte, unter anderem eine gotische Kapelle mit sehr alten Kirchenfenstern. Wohnhäuser und andere notwendige Gebäude, die um sie herum errichtet worden waren, paßten sich ihrem Stil an. Sie waren höchstens fünfzig Jahre alt, wirkten aber wie fünfhundertjährig. Der ganze Komplex lag in einem stillen Tal zwischen sanft gewellten Hügeln, von denen aus man an klaren Tagen die walisischen Berge in der Ferne sehen konnte.
Die Schule war aus einem Gebiet, das jetzt zur Konurba gehört, hierher verlegt und jedes Wohnhaus nach einem Wahrzeichen der alten Stadt benannt worden.

Sie hießen Cathedral, Westgate, Itchen, St. Cross, Chesil und das, in dem Rob mit Mike untergebracht war, einfach College.
Anfangs hatte Rob sich unbehaglich und verschüchtert gefühlt, aber es war nicht so schlimm, wie er es erwartet hatte. Das Leben war anstrengend, aber erträglich und in mancher Hinsicht sogar erfreulich. Sie wurden genauso früh wie im Internat geweckt und mußten bei jedem Wetter nur mit Turnhose und Turnschuhen bekleidet einen drei Kilometer langen Dauerlauf machen. Bei ihrer Rückkehr duschten sie sich unter eiskaltem Wasser. Dann verblieben noch anderthalb Stunden bis zum Frühstück, und bis dahin hatten alle einen Bärenhunger.
Unterricht und andere Pflichten füllten den Tag, und Verstöße gegen die Disziplin wurden streng bestraft, oft durch Stockschläge. Irgendwie war die Disziplin hier noch strikter, weil es tausend kleine Vorschriften gab, die man leicht mißachten konnte, ohne es zu wissen. Gewisse Freiheiten hinsichtlich der Kleidung und des Benehmens wurden nach Altersstufen eingeräumt. Das Leben jüngerer Schüler verlief nach komplizierten Systemen und Mustern.
Der Unterschied zwischen dieser Schule und dem Internat ließ sich nicht gleich erkennen, war aber groß. Allmählich fand Rob heraus, daß er etwas mit Stolz und Selbstachtung zu tun hatte. Im Internat hatte es nichts gegeben, was einen für all die Anstrengungen und Bemühungen belohnte. Alles war darauf ausgerichtet gewesen, einen bis zur Unterwürfigkeit kleinzukriegen. Hier wurde man dagegen zu einer eigenen Daseinsberechtigung und eventueller späterer Autorität erzogen. Das zeigte sich zum Beispiel bei den Mahlzeiten. Wenn die Jungen nach dem Dauerlauf und der kalten Dusche und dem Morgenunterrrricht zum Frühstück in den Speisesaal kamen, mußten sie auf harten Holzbänken sitzen. Das Essen war zwar reichlich und gut zubereitet, aber einfach. Es wurde freilich von Serviererinnen aufgetischt. Sie gehörten einer bevorrechteten Sondergruppe an, und das mußte man sich stets vor Augen halten.

Mike tat sein möglichstes, Rob beim Einleben behilflich zu sein, aber eine ganze Menge mußte er doch aus eigener Erfahrung lernen. Die Angewohnheit, Leute zu beobachten, vorauszuahnen, was sie tun oder sagen würden und eine Erwiderung bereit zu haben, die er in den Monaten bei den Giffords erworben hatte, erwies sich dabei als Vorteil. Er arbeitete die richtigen Verhaltensweisen aus und bemühte sich, sie möglichst zu befolgen. Schon bald gelang es ihm, sich einzufügen, Dinge zu akzeptieren und selbst akzeptiert zu werden. Zu Beginn stellten manche Jungen ihm Fragen über Nepal, aber es fiel ihm nicht schwer, damit fertig zu werden, und nach einer Weile ließen sie es sein. Er gewann neben Mike andere Freunde: meistens aus anderen Klassen. Spiele nahmen einen wichtigen Platz ein. Sie spielten eine andere Art Fußball als in der Konurba: Der Ball war nicht rund, sondern oval, und man durfte ihn in die Hand nehmen und damit laufen. Es war ein rauheres, roheres Spiel, aber Rob konnte es ganz gut. Mike und er wurden nach ein paar Wochen beim ersten Match zwischen den Jugendmannschaften der Häuser aufgestellt, Mike als Stürmer und Rob in der wichtigeren Position des Mittelläufers. Es war ein harter Kampf, den sie gewannen. Danach gingen sie zusammen über den aufgeweichten Platz zu den Umkleidekabinen. Rob sprach über das Spiel, und Mike antwortete zerstreut. Dann sagte er: »Ihr habt in der Konurba nicht Rugby, sondern Fußball gespielt, nicht wahr?«

Rob schaute sich hastig um, konnte aber niemanden erblicken. Er antwortete: »Ja. Aber Rugby gefällt mir besser.«

»Mike erwiderte: »Komisch ... hast du gewußt, daß wir früher, als die Schule noch in der Konurba lag, Fußball spielten? Die meisten anderen Schulen spielten Rugby, aber wir nicht.«

Rob sagte: »Wirklich?«, allerdings ohne großes Interesse.

Mike beharrte: »Warum haben sie das wohl geändert?«

»Ist das so wichtig?«

»Es war eine Schultradition, und du weißt ja, wie sehr man hier an Traditionen hängt. Aber diese wurde geändert. Sie

wurde geändert, weil Fußball ein konurbanisches Spiel ist und wir nie das tun sollen, was sie tun.«
Rob zuckte die Achseln. »Das könnte der Grund sein.«
»Aber warum? Warum müssen all diese Unterschiede geschaffen und aufrechtgehalten werden?«
Sie gingen schweigend weiter. Mike überkamen manchmal solche Anwandlungen, und Rob hatte festgestellt, daß es besser war, möglichst wenig Notiz davon zu nehmen. Seit dem Tage des Wettkampfes im Bogenschießen hatten sie sich zunehmend in Auseinandersetzungen über Dinge verstrickt, an denen, nach Robs Gefühl, niemand etwas ändern konnte. Mike war dabei keineswegs unfreundlich. Er zeigte vielmehr eine neue Verbundenheit und gewährte Rob Einblick in sein Inneres, seine Denkweise. Unvermittelt fragte er: »Kennst du Penfold?«
Rob kannte ihn vom Sehen. Es war ein älterer Junge im letzten Schuljahr; kein Präfekt, obwohl man ihn dafür hätte halten können. Er war groß und schlaksig und hatte ein häßliches, aber einprägsames Gesicht. Er war ein guter Spieler gewesen, hatte dann aber mit dem Spiel aufgehört. Er hatte auch ein Stipendium für Oxford gewonnen. »Ja«, sagte Rob.
»Eine Gruppe von Leuten trifft sich in seiner Bude, um mit ihm zu diskutieren. Hast du Lust, nach dem Abendessen mitzukommen?«
Rob zögerte. Penfold war nicht nur sonderbar, sondern galt sowohl bei den Lehrern als auch bei den Schülern irgendwie als unzuverlässig. Außerdem sah man es nicht besonders gern, wenn Junioren mit Senioren verkehrten. Es verstieß zwar nicht gegen eine Vorschrift, aber gegen die Sitte, und das nahm man nicht auf die leichte Schulter. Andererseits konnte er Mikes Vorschlag kaum abschlagen.
Er sagte: »Na schön. Wenn du Wert darauf legst.«

Penfolds Bude war ungefähr drei Meter im Quadrat und bis auf ein Bett, einen kleinen Schrank, einen Tisch und einen einzigen Stuhl kahl. Zehn Jungen hatten Mühe, darin Platz zu finden. Manche saßen auf dem Bett, andere auf dem Boden oder lehnten sich an die Wand. Penfold selbst saß auf der Fensterbank und schaute auf sie herab. Er sprach mit schneller, etwas herrischer Stimme.

»Wir müssen von der Erkenntnis ausgehen, daß wir alle manipuliert werden – daß wir in der manipuliertesten Gesellschaft leben, die die Welt je gekannt hat. Von Kindheit an wird uns unser Platz eingetrichtert. Die Bediensteten hier im Landkreis lernen, die Konurbaner zu verachten, die sie ihrerseits verachten. Sie begegnen sich nie – sie wissen kaum etwas über das Leben der anderen, aber trotzdem verachten sie sich gegenseitig. Und wir sind die Privilegierten an der Spitze der Pyramide.

Der heutige Klassenunterschied ist nichts Neues. Es gab schon immer die privilegierten Wenigen und die unterprivilegierte Masse, schon immer Leute, die sich bereitwillig damit abfanden, den Wenigen zu dienen, und sich deshalb sogar glücklich schätzten. Aber nun ist diese Trennung absolut: Einerseits der Landadel und seine Dienerschaft, andererseits die Konurbaner. Die Pendler betrachten sich als Landadel und sehen der Zeit entgegen, in der sie sich im Landkreis zur Ruhe setzen können und nicht mehr in die Konurbas zurückzukehren brauchen. Es gibt zwei Welten und zwischen ihnen eine Sperre, eine Sperre, die sich in körperlicher Hinsicht nicht einmal so schwer überwinden ließe, die aber im Geist der Leute ungeheuer ist. Wir sind die Herrschenden und sie die Beherrschten, und die beiden kommen nie zueinander.«

Ein Junge namens Logan, der fast ebenso alt wie Penfold war, fragte: »Und was sollen wir dagegen tun?«

»Es ändern«, sagte Penfold.

»Einfach so?« Logan lachte. »Befehl von oben.«

Penfold sagte: »Es gibt zwei Arten, wie man Gesellschaften verändern kann. Wenn die Masse zu schlecht behandelt wird, kann sie zu irgendeiner Revolution gezwungen werden. Das ist der Ausweg der Verzweiflung, und es besteht keine große Hoffnung, daß dies augenblicklich geschieht. Die Konurbaner leiden weder Hunger, noch werden sie

schlecht behandelt. Sie haben ihr Brot und ihren Zirkus wie die Bürger Roms während des Römischen Kaiserreichs. Und sie haben auf diesem Brot Butter und Marmelade, und den Zirkus kann man sich vom Sessel aus in dreidimensionaler Holovision ansehen. Die Konurbaner werden keine Revolution entfesseln.«
Jemand sagte: »Aber es gibt dort doch Unruhen?«
»Das nehme ich an. Sicherheitsventile, um sich Luft zu machen, aber auch genügend Polizei, um damit mühelos fertig zu werden. Alles ist klug geplant. Wie das Leben, das wir hier im Landkreis führen. Wir haben keine Holovision. Die ist nur für die ordinären unteren Klassen da, für die Konurbaner, die nicht wissen, was sie mit ihrem leeren Leben sonst anfangen sollen. Oder liegt es daran, daß wir und sie nichts gemeinsam haben dürfen? Was uns betrifft, so ist die Uhr stehengeblieben, kurz bevor die Sonne des britischen Empires unterging. Wir werden ewig im milden Nachmittagsglanz weiterleben – mit Pferden und Kutschen, haufenweise Personal, Damen in Seidenkleidern und Portwein und Zigarren nach dem Abendessen.«
Er sprach mit beißender Verachtung. Ein anderer Junge namens Rowlands sagte: »Ich kann darin nichts Falsches sehen.«
»Wirklich nicht?«
Logan bemerkte: »Du hast von zwei Arten gesprochen, wie sich die Dinge ändern lassen. Welches ist die andere?«
»Es ist immer die wirksamere gewesen«, sagte Penfold. »Sie wird von den Leuten innerhalb der herrschenden Klasse angewandt, die erkennen, daß das System morsch ist. Sie tun sich zusammen und unternehmen etwas dagegen.«
»Was zum Beispiel?«
»Sie überreden. Wiegeln auf.« Penfold machte eine Pause. »Wenden notfalls Gewalt an.«
»Womit fangen wir an?« fragte Rowlands. »Indem wir unseren Rektor an der Fahnenstange aufknüpfen?«
Die Anspielung auf den Rektor löste Heiterkeit aus. Rob fragte sich, ob irgendeiner der Anwesenden Penfold über-

haupt ernst nahm. Die Vorstellung, daß Schüler ausziehen und eine Revolution entfesseln sollten, war einfach lachhaft.
Penfold sagte: »Wir fangen damit an, uns selbst darauf vorzubereiten.« Seine Stimme klang verkrampft. »Andere denken genauso. Ältere Leute.«
»Kennst du welche?«
Penfold zögerte. »Ja.«
»Wen denn?«
Er starrte im überfüllten Zimmer umher. »Das möchte ich zu diesem Zeitpunkt noch nicht verraten.«
Es folgte wieder eine Welle spöttischen Gelächters. Er hat sie verloren, erkannte Rob. Zumindest die meisten. Er bemerkte, daß Mike nicht gelacht hatte.
Logan sagte: »Worauf es hinauszulaufen scheint, ist dieses: Neunundneunzig Prozent oder mehr sind glücklich über den jetzigen Stand der Dinge. Die Konurbaner sind glücklich, die Pendler sind glücklich, unsere Bediensteten sind glücklich, und auch die meisten von uns können sich nicht beklagen. *Du* willst, daß wir ausziehen und alles umstürzen. Warum? Damit wir in die Konurbas können? Finger hoch, wer für Menschenmengen, Straßenunruhen und das Massenleben im allgemeinen ist. Nicht einmal du, Penfold? Damit die Konurbaner hierherkommen können? Ohne Holovision? Die würden schon in ein paar Tagen durchdrehen. Na schön, es mag zwar stimmen, daß wir einander ferngehalten werden. Wir können nicht zu ihnen, und sie können nicht zu uns. Aber keiner von uns will das. Willst du uns in eine Revolution stürzen, um etwas zu erzwingen, was wir gar nicht wollen?«
»Ihr versteht mich nicht«, sagte Penfold.
»Ganz recht«, erwiderte Logan. »Also erkläre es uns bitte.«
»Ich behaupte ja nicht, daß die meisten Leute nicht einigermaßen zufrieden sind . . .«
»Aber du willst, daß sie *un*zufrieden werden – das ist es doch?«

»In gewisser Weise ja.« Schallendes Gelächter unterbrach Penfold. Er konnte erst nach einigen Augenblicken fortfahren. Er sagte: »Unzufriedenheit ist Teil der Freiheit. Und wir sind nicht frei – das versuchte ich nur auszudrücken.«
»Frei, um Unsinn zu verzapfen«, erwiderte Rowlands. »Ich habe die Nase voll davon.«

Rob und Mike hatten ein gemeinsames Zimmer. Auf dem Heimweg sprachen sie kaum. Aber als sie darin waren, fragte Mike: »Was hältst du davon?«
»Von Penfold? Auf mich hat das Ganze keinen großen Eindruck gemacht. Was Rowlands zum Schluß sagte, stimmt. Niemand hindert Penfold daran, das auszusprechen, was er denkt, was soll also der Quatsch, daß die Leute nicht frei seien?«
»Sie haben nichts dagegen, solange es nur Gerede ist.«
»Sie?«
»Die Regierung.«
»Aber was für einen Sinn hat es, wenn es nur Gerede bleibt?«
»Wenn es mehr als das wäre . . .«
»Wie meinst du das?«
»Streng vertraulich. Einverstanden?«
»Natürlich.«
»Es gibt noch mehr, außerhalb der Schule. Penfold steht mit ihnen in Verbindung. Das heute abend war nur ein Vorwand, um festzustellen, wer damit sympathisiert. Die echte Sache ist ganz anders, eine richtige Organisation.«
»Hat Penfold dir das gesagt?«
Mike nickte.
»Und du glaubst es ihm?«
»Ja, Sein Bruder gehört dazu. Er war im China-Krieg. Er ist Anfang dieses Jahres zurückgekommen.«
Rob sagte: »Es klingt immer noch absurd.«
»Das ließe sich ja feststellen.«
»Was?«
»Ob es absurd ist oder nicht. Indem du dich anschließt.

Dann mußt du natürlich strengste Geheimhaltung schwören.«
Rob dämmerte es allmählich, daß Mike es ernst meinte. Die Idee an sich war unsinnig, aber Mike glaubte daran. Rob zögerte, ehe er sagte: »Ich glaube nicht, daß ich von großem Nutzen sein könnte.«
»Da irrst du dich. Du kennst die Konurba. Du könntest in mancher Hinsicht nützlich sein. Und sei es auch nur, indem du den Beweis lieferst, daß Konurbaner Leute wie wir sind, daß das Bild, das der Landadel sich von ihnen macht, nämlich daß sie eine blöde Masse, daß sie Untermenschen seien, völlig falsch ist.« Es war ihm ernst. »Du könntest eine große Hilfe sein, Rob.«
»Und wenn die Sache nicht klappt – wenn sie niedergeschlagen wird? Was dann?«
Mike zuckte die Achseln. »Dieses Risiko müssen wir eingehen.«
»Aber das Risiko ist nicht gleichmäßig verteilt, oder? Die Männer würden wohl ins Gefängnis gesteckt. Die Jungen würden wahrscheinlich ungeschoren bleiben. Wenn mit ihnen sonst alles in Ordnung ist. Aber es ist offensichtlich, was mit mir passieren würde: Ich würde in die Konurba zurückgeschickt werden.«
Mike schwieg. Rob wollte gerade fortfahren, als Mike sagte: »Du hast recht. Daran hatte ich nicht gedacht. In deinem Fall ist es zuviel verlangt.«
Rob war erleichtert, daß Mike sich so schnell damit abgefunden hatte. Zugleich fühlte er sich schuldbewußt. Ohne Mike wäre er nicht hier, sicher und geborgen im Landkreis. Allein hätte er sich nicht am Leben halten und der Gefangennahme entziehen können. Er begann zu argumentieren, nicht über diesen besonderen Punkt, sondern über die Idee im allgemeinen. Da fast jeder sich zufrieden fühle, sei es wahnwitzig, nur wegen der Laune einiger weniger alles umstürzen zu wollen. Und noch wahnwitziger sei es, zu glauben, daß eine Revolution irgendwelche Aussicht auf Erfolg hätte. Wie könnte sie denn eine solche haben?

Mike sagte: »Umwandlungen sind schon früher von wenigen Leuten bewirkt worden, vorausgesetzt, daß sie entschlossen genug dazu waren. Sehr große Umwandlungen.«
Rob brauste auf: »Etwa durch dich und Penfold und Penfolds Bruder?«
»Es gibt noch mehr.«
»Wie viele? Ein halbes Dutzend?«
Mike antwortete nicht.
»Du mußt verrückt sein.«
Mike schüttelte den Kopf. »Das weiß ich nicht.« Er ging ins Bett. »Oder alle anderen sind es.«
»Auch ich?«
Mike grinste ihn durch das Zimmer an. »Vermutlich ja. Aber keine Bange, ihr seid in der Mehrheit. Übrigens muß derjenige, der zuletzt ins Bett geht, das Licht ausknipsen.«

Reiter ziehen aus

Das Quartal näherte sich rasch seinem Ende. Die letzten Wochen und Tage schienen wie im Fluge zu vergehen. Es fand ein Quartalschlußkonzert und die Quartalschlußfeier statt, und an einem strahlenden frostigen Morgen rollten sie in der Postkutsche durch die von leichtem Schneefall bedeckten Felder und hörten das Horn des Kutschers durch die klare, kalte Luft schmettern. In der Marktstadt wartete die Kutsche der Giffords auf sie und brachte sie übers Land, dem der Winter nicht das Vertraute zu rauben vermochte, zu dem Fluß und dem Wald und schließlich dem Haus, das still und friedlich inmitten seines Parkes stand. Cecily eilte ihnen entgegen, Mrs. Gifford folgte ihr mit gesetzteren Schritten. Sogar Mr. Gifford hatte seine Zwergbäume im Stich gelassen, um sie zu begrüßen. Sie waren wieder zu Hause.
Wie immer gab es viel zu tun. Die Jagdzeit lief auf vollen Touren, und zweimal in der Woche trafen sich die Jäger des Ortes. Die Giffords gehörten mehreren Jagdclubs an, so daß es ein leichtes war, vier oder fünf Jagden in der Woche mitzumachen, ja täglich eine bis auf den Sonntag, wenn man sich nicht scheute, ein paar Meilen zurückzulegen. Mr. Gifford selbst ging nicht auf Jagd, aber Mrs. Gifford und sogar Cecily, die voller Begeisterung auf ihrem Pony mitritt, nahmen daran teil.
Auch Rob fand Gefallen daran. Beim ersten Halali wurde ihm übel, als das Blut des toten Fuchses ihm ins Gesicht geschmiert wurde, aber er sah ein, daß es sich dabei um etwas handelte, das man über sich ergehen lassen mußte. Es war nun einmal Sitte, und die Sitte bestimmte alles. Andererseits wurde er durch neue Anblicke und Geräusche belohnt: Jäger in roten Jagdröcken, die glänzenden, süßriechenden Pferde, Hunde, die mit heraushängender Zunge in buntgewürfelter Flut einen Hang hinabströmten, das Schmettern der goldenen Hörner an einem grauen Morgen – und

schließlich die Landschaft selbst aus hundert verschiedenen Blickwinkeln. Da waren körperliche Betätigung und Ausgelassenheit – der warme müde Glanz am Ende des Tages, wenn man heimwärts trottete zu einem warmen Bad, zu Tee und Kuchen vor einem lodernden Feuer in dem von Öllampen sanft beleuchteten Salon. Da war das Gefühl, dazuzugehören.
Weihnachten kam, eine Zeit des Feierns, des Schenkens und Geschenke-Empfangens. Ein Baum wurde in der Halle aufgestellt, an dem Festgaben für jeden Bediensteten hingen, bis hinab zum letzten Gärtnerburschen, einem schüchternen, linkischen Jungen, der noch jünger war als Rob und Mike. Das Wetter wurde mild. Die Kutsche brachte sie während eines Regenschauers zur Dorfkirche, aber auf dem Heimweg schien die Sonne. Es gab Truthahn und flambierten Plumpudding mit Weinbrandbutter, Pfefferminzpasteten, Nüsse und Wein, Knallbonbons mit komischen Hüten und drolligen Anhängern und kleinen Zetteln, auf denen so blöde Witze standen, daß jeder darüber lachen mußte.
Oberflächlich betrachtet unterschied es sich nicht wesentlich von Weihnachten in der Konurba. Auch dort hatte es Truthahn und Plumpudding und Knallbonbons und viel Heiterkeit gegeben, aber es wirkte alles blaß im Vergleich zu hier. Abends kamen die Weihnachtsliedersänger aus dem Dorf, sangen mit ihren Laternen erst draußen und wurden dann zum Singen in den Salon gebeten. Rob erinnerte sich an das letzte Weihnachten, als er sich die Weihnachsfeiern in der Holovision angeschaut hatte. Schon damals hatten sie irgendwie unecht gewirkt; jetzt lief es ihm bei der Erinnerung daran kalt über den Rücken.
Später fragte Cecily ihn: »Rob, wie feiert man Weihnachten in Nepal?«
»Och, so ähnlich.«
Sie lag bäuchlings vor dem Feuer. Ihr dunkles Haar glänzte im Widerschein der Flammen wie Bronze. Sie stemmte sich auf die Ellbogen und starrte ihn an. »Es muß doch *irgendwelche* Unterschiede geben.«

»Ja, geringfügige. Etwa, daß man einen Dodo und keinen Truthahn brät.«
»Aber Dodos sind ausgestorben. Das weiß ich genau.«
»Nicht in Nepal.« Er sprach lässig. Ihre Fragen beunruhigten ihn nicht mehr. Er konnte sie sogar necken. »Sie leben in jenen kleinen Bergtälern und fressen Zitronen und Ingwer. Dadurch bekommen sie einen köstlichen Geschmack.«
Sie sagte mißtrauisch: »Du mokierst dich über mich.«
»Ganz und gar nicht. Dort gibt es auch die abscheulichen Schneemänner.«
»Von *denen* habe ich schon gehört. Aber warum nennt man sie abscheulich?«
»Weil sie, wenn sie auf Besuch kommen, einem das ganze Feuer wegnehmen – genau wie du. Und dann schmelzen sie, und lauter Eiswasser trieft auf den Teppich. Würdest du das nicht auch als ziemlich abscheulich bezeichnen?«
Sie sprang auf und stürzte sich auf ihn. Er wehrte sie lachend ab. Mrs. Gifford beobachtete sie eine Weile lächelnd und sagte dann: »Jetzt ist es Zeit, ins Bett zu gehen, Darling.«
Cecily sagte: »Mami! Es ist doch Weihnachten.«
»Und deshalb durftest du ja schon so lange aufbleiben. Jetzt aber ab mit dir. Ich komme in zehn Minuten zu dir.«
Cecily zog die Stirn kraus, sagte aber allen Gute Nacht, nahm eine kleine Lampe, um die Treppe zu beleuchten, und ging nach oben. Rob legte sich entspannt zurück. Geklimper erklang aus dem Nebenzimmer, in dem Mike Klavier spielte. Mr. Gifford war zum Treibhaus gegangen, um an diesem Tag einen letzten Blick auf seine Zwergbäume zu werfen.
Mrs. Gifford sagte: »Du reist also mit Mike am zweiten Januar ab?«
Die Penfolds hatten beide Jungen eingeladen, ein paar Tage bei ihnen zu verbringen. Rob war nicht gerade erpicht darauf gewesen, Mike dagegen offensichtlich wohl, so daß Rob sich gefügt hatte. Er sagte: »Ja, Tante Margaret« und wartete.
Mrs. Gifford hatte ihre Lesebrille auf, was ihr ein strengeres Aussehen verlieh. Aber das war, wie die leichte Barschheit

in ihrer Stimme, irreführend. Manchmal fühlte Rob sich in ihrer Gegenwart immer noch etwas unbehaglich, aber nicht mehr aus Angst, daß sie das Experiment abbrechen und ihn zurückschicken könnte. Er hatte gelernt, daß sie kein Mensch war, der die Dinge auf die leichte Schulter nahm oder sie fallen ließ, wenn sie sich als schwierig erwiesen. Sie besaß ungeheure Willenskraft und verstand es ausgezeichnet, Probleme zu ergründen und mit ihnen fertig zu werden.
Sie fragte: »Daniel Penfold ist bei euch auf der Schule, nicht wahr?«
»War es«, antwortete Rob. »Er hat sein Abschlußexamen gemacht. Im Herbst geht er nach Oxford.«
Die Nadel glitt über den Stickrahmen. »Wie ist er?«
»Ich kenne ihn nicht besonders gut.«
»Nicht so gut wie Mike?«
Rob sagte ausweichend: »Ich bin ja erst ein Quartal auf der Schule.«
»Er ist gescheit, nehme ich an?«
Als gescheit bezeichnet zu werden, war, wie Rob festgestellt hatte, kein Kompliment im Landkreis. Die meisten Leute, die gescheit waren, versuchten das möglichst zu verbergen. Er sagte: »Er hat ein Ballid-Stipendium erhalten.«
»Ja.« Sie nickte. »Ich habe gehört, daß er sehr gescheit sein soll.« Sie stickte stumm weiter. Rob hoffte, daß das Gespräch damit zu Ende wäre. Es war ihm nicht wohl zumute, mit Mikes Mutter über Penfold zu reden. Als sie den Mund wieder aufmachte, fühlte er sich erleichtert, daß sie offenbar das Thema gewechselt hatte. Sie sagte: »Dein Zeugnis war gut, Rob.«
»Vielen Dank, Tante Margaret.«
»Du machst ausgezeichnete Fortschritte und hast offenbar das Schwierigste überwunden. Ich wollte, ich könnte das gleiche von Mike behaupten.«
Rob antwortete nichts.
Mrs. Gifford hielt einen Seidenfaden in die Höhe und biß ihn durch. Dann sagte sie: »Sein Zeugnis macht mir Sorgen. Es enthält zu viele Bemerkungen wie ›Ist zu mehr fähig‹ oder

›Gibt nicht sein Bestes‹. Sogar in Sport. Wenn ich mich richtig erinnere, sagte der Sportlehrer: ›Er hat nicht das gehalten, was er zu versprechen schien, und das liegt hauptsächlich an seinem mangelnden Interesse‹.«
Rob sagte: »Er war doch im letzten Frühling krank?«
»Das ist schon fast ein Jahr her.«
Rob schwieg wieder. Es war besser, zu wenig als zuviel zu sagen.
Mrs. Gifford fuhr fort: »Und dann ist da noch dieser Besuch bei den Penfolds. Wir kennen sie nicht besonders gut, aber was ich über den älteren Jungen gehört habe, ist nicht gerade positiv. Wenn ich mich nicht irre, war sein Entlassungszeugnis bei seinem Austritt aus der Armee – sagen wir, nicht besonders günstig. Er quittierte den Dienst, aber ich glaube, er wurde mehr oder weniger dazu gezwungen.«
Rob schaute auf und sah, daß ihr Blick auf ihm ruhte.
»Normalerweise würde ich mit dir nicht über so etwas reden, Rob.« Das stimmte. Klatsch war im Landkreis ein allgemeiner Zeitvertreib, aber Mrs. Gifford huldigte ihm nicht. »Ich tue es jetzt nur, weil ich überzeugt davon bin, daß du Mike nach besten Kräften helfen möchtest.«
Sie sagte nicht: Vergiß nicht, was er für dich getan hat. Das hatte sie nicht nötig. Es war einer jener Augenblicke, in denen ihre starke Persönlichkeit ihn einfach zu überwältigen schien. Er verspürte den Drang, ihr alles zu erzählen, über Mike und Penfold und den Plan, eine Revolution zu entfesseln. Aber kein Gentleman brach das Vertrauen eines anderen. Ihm fiel ein, daß sie selbst es ihm bei einer der Sitzungen im letzten Sommer gesagt hatte, als sie ihm die Feinheiten der Lebensweise beibrachte, der er sich anzupassen hatte. Mehr noch als seine Rücksicht auf Mike hielt die Vorstellung der Verachtung, die sie bei einem solchen Benehmen empfinden würde, ihn davon ab.
Sie sagte: »Wir wollen es heute dabei belassen. Ich weiß, daß du Mike helfen wirst, wenn er deine Hilfe braucht. Und ich wünsche dir einen angenehmen Aufenthalt bei den Penfolds. Vergiß nicht, was ich dich hinsichtlich deines Verhal-

tens gegenüber der Gastgeberin gelehrt habe, und denke daran, den Bediensteten Trinkgelder zu geben. Ich muß jetzt nach oben gehen und nachschauen, ob Cecily so weit ist. Bei Gelegenheiten wie diesen gerät sie immer ein wenig aus dem Häuschen.«
Rob erhob sich, als sie das Zimmer verließ. So war es nun einmal Sitte. Danach starrte er ins Feuer und hörte Mikes Klavierspielen zu. Was war Sitte und was war richtig? Man mußte so viel erwerben und dann bewahren. Es würde nie so einfach und selbstverständlich für ihn sein wie für Mike und die anderen, die mit all dem geboren und aufgewachsen waren. Aber er würde es schon richtig machen. Dazu war er fest entschlossen.

Das Haus der Penfolds machte von außen einen ordentlicheren und unpersönlicheren Eindruck als Gifford House. Es war kleiner und gedrungener, im georgianischen Stil erbaut und symmetrisch. Innen verhielt es sich allerdings umgekehrt. Es herrschte ein kaum benennbarer Hang zur Schlampigkeit, und vieles wirkte irgendwie fehl am Platz. Die Bediensteten waren schludrig und untüchtig. Am ersten Morgen nach ihrer Ankunft wurde ihnen der Tee zu spät ins Schlafzimmer gebracht und war schon kalt. Und Rob bemerkte, daß jemand zwar einen Versuch unternommen hatte, seine Schuhe zu putzen, aber er mußte sie selbst auf Hochglanz polieren.
Auch Mr. Penfold, der sich körperlich von Mr. Gifford unterschied, denn er war klein und dick, hatte im Haushalt nicht viel zu sagen und war ebenfalls von einem Hobby besessen. In seinem Fall von der Uhrmacherei. Das Haus hing voller Erzeugnisse seiner Liebhaberei. Rob entdeckte zwei Uhren in dem Zimmer, das er zugewiesen bekam, und während ihres Aufenthalts wurde eine weitere stolz aus seiner Werkstatt gebracht und an einem Ehrenplatz im Salon aufgestellt. Es war ein seltsames Gebilde. Das Zifferblatt krönte den Mast einer Galeone, die unentwegt auf einem Meer aus bemaltem Holz schaukelte.

Wenn Rob sie anschaute, wurde er tatsächlich ein bißchen seekrank.
Zwischen Mrs. Penfold und Mrs. Gifford bestand keinerlei Übereinstimmung. Wie ihr Mann war sie klein und untersetzt. Auch sie war allem Anschein nach höchst untüchtig. Ihr Beitrag zur Führung des Haushaltes beschränkte sich auf panikartige Ausbrüche, wenn etwas schief ging. Beim ersten Mal hatte sie Rob leidgetan, aber er beobachtete, daß die Panik nur von kurzer Dauer und schnell wieder vergessen war. Die übrige Zeit verbrachte sie mit endlosem Geschwätz, ohne je etwas Erwähnenswertes zu sagen.
Soweit der Haushalt überhaupt organisiert wurde, tat das die Tochter der Penfolds, Lilian. Sie war in den Dreißigern, unverheiratet, eine Frau mit einem langen blassen Gesicht und tiefliegenden Augen unter dichten Brauen. Sie hatte einen bissigen Ton, und im allgemeinen beschwerte sie sich oder schimpfte – beschwerte sich über das, was die Bediensteten falsch gemacht hatten, und schimpfte sie deswegen aus. Soweit sich feststellen ließ, änderte das nicht das geringste daran. Die Mahlzeiten wurden zu spät, lauwarm und schlecht zubereitet aufgetragen. Es bestand eine Riesenkluft zwischen dieser Stimmung und der freundlichen Atmosphäre scheinbar müheloser Tüchtigkeit in Gifford House.
Daniel Penfold machte im Vergleich zu den anderen bei näherer Bekanntschaft einen netteren Eindruck. Er besaß eine Unsicherheit, ja fast Bescheidenheit, die entwaffnete. Möglicherweise, dachte Rob, hatte das etwas mit der Anwesenheit seines Bruders zu tun. Das war Roger, ehemaliger Offizier und Ende Zwanzig. Er schien den Ärger seiner Schwester über das Leben und die Welt zu teilen, aber in schärferer, konzentrierterer Form. Daniel wurde offensichtlich stark von ihm beeinflußt. Roger war der einzige in der Familie, der als hübsch bezeichnet werden konnte. Seine Gesichtszüge waren fein, aber scharf geschnitten, seine grauen Augen kalt. Wenn er sich aufregte, zuckte sein linker Mundwinkel.

Das geschah, als Mike ihm ein paar Fragen über China und den Krieg stellte. Sie saßen beim Abendessen, und er ließ, ohne sich um seine Mahlzeit zu kümmern, eine Tirade vom Stapel. Während Rob das zähe Suppenfleisch und die matschigen Kartoffeln und den zerkochten Kohl in Angriff nahm, konnte er zwar Rogers Appetitlosigkeit nachempfinden, aber von seiner Beweisführung hielt er nicht viel. Nach Rogers Ansicht hätte der Krieg schon vor Jahren, ja Jahrzehnten beendet werden können.

Mike sagte: »Aber es ist doch ein sehr großes Land, nicht wahr? Ich dachte, daß, sobald eine Provinz befriedet wird, in einer anderen Guerillakämpfer wie Pilze aus dem Boden schießen.«

»So heißt es, aber das stimmt nicht. Niemand versucht, Schluß zu machen. Es ist praktisch, Leute dorthin abzuschieben, die zu Hause vielleicht Unruhe stiften.«

»Aber du hast dich doch freiwillig gemeldet?«

»Wenn man schon Offizier ist, tut man das ganz gern. Manchmal tun es auch einfache Soldaten. Aber die meisten werden in der Konurba eingezogen. Sie haben die Wahl zwischen China oder einer langen Gefängnisstrafe. Nach sieben Jahren Militärdienst sind sie froh, ein friedliches Leben führen zu können, vorausgesetzt, daß sie nicht gefallen sind.«

Er brach ab, um einen Happen zu essen, legte aber Messer und Gabel wieder hin.

»Das ganze System ist eine manipulierte Verschwörung. Nimm einmal das Geld. Davon spricht man nicht. Das gehört sich nicht. Wir besitzen Kapital, von dem wir leben, aber keiner fragt danach, woher wir es haben. Also es stammt aus den Konurbas. Die Konurbaner arbeiten in Fabriken, stellen Waren her, und der Landadel lebt von dem Gewinn. Früher standen die Kapitalisten zumindest noch in irgendeinem Kontakt mit der Quelle ihres Reichtums, aber das ist abgeschafft worden. Das Geld wird gewaschen und gesäubert und mit Samthandschuhen über die Sperre gereicht.«

Einen Augenblick dachte Rob, daß Roger dies wörtlich

meinte, und hatte die bestürzende Vorstellung von Münzen, die in einem Riesenfaß gewaschen, sorgfältig abgetrocknet und von einer Kette behandschuhter Hände über den Zaun gereicht wurden. Dann erkannte er aber, daß es nur im übertragenen Sinne gemeint war. Auf alle Fälle war das Geld hier anders beschaffen – aus Gold und Silber und keine zerknitterten Scheine und Kunststoffmarken wie in den Konurbas. Roger redete weiter über die Mißstände der Gesellschaft. Mike hörte aufmerksam zu. Rob konzentrierte sich darauf, das aufzuessen, was auf seinem Teller lag, und hoffte nur, daß der Pudding etwas besser schmecken würde.

Rob und Mike hatten keine Gelegenheit, sich während der vier Tage, die sie bei den Penfolds verbrachten, privat zu unterhalten. Aber endlich war der Besuch, zu Robs großer Erleichterung, vorüber, und sie trabten zusammen, auf Captain und Sonnet, über das offene Land heimwärts. Es hatte strenger Frost geherrscht, und die Luft war noch immer beißend kalt, aber die Sonne stand an einem bläulich-weißen Himmel.
Rob sagte: »Dieser Butler ... Ich habe ihm zehn Shilling gegeben, wie Tante Margaret mir gesagt hat, und er sah die Goldmünze so an, als wäre sie ein Sixpence-Stück. Meinst du, daß er sonst mehr bekommt?«
»Das möchte ich bezweifeln«, erwiderte Mike. »Er ist eben von Natur aus ein unzufriedener Typ.«
Rob konnte nicht umhin, zu sagen: »Ich fand die ganze Stimmung ein bißchen so.«
»Meinst du damit Dans Schwester?«
»Auch seinen Bruder.«
»Da besteht doch ein gewisser Unterschied. Sie ist auf dem besten Wege, eine verbitterte alte Jungfer zu werden. Er dagegen will etwas unternehmen, die Dinge ändern und verbessern.«
»Durch diese Revolution, die du erwähnt hast?«
»Wenn es sein muß.«
»Hör zu, angenommen er *könnte* das – alles umstürzen –,

aber was könnte er deiner Ansicht nach stattdessen bieten?«
»Etwas Besseres.«
»Aber *was*?«
»Eine Gesellschaft, die frei wäre und sich entfalten könnte. In der die Leute nicht zu Trägheit und Massenverblödung manipuliert werden. In der jemand wie mein Vater etwas Vernünftigeres zu tun hätte, als sich um seine lächerlichen Zwergbäume zu kümmern.«
»Oder Mr. Penfold um seine Uhren.«
»Ganz recht!«
»Aber das ist doch albern«, sagte Rob. »Es hat immer Leute gegeben, deren Hobbys andere Leute lächerlich fanden. Was sollten sie übrigens nach deiner Vorstellung in ihrem Alter sonst tun?«
»Es sind nicht nur sie, obwohl ich sie für ein typisches Beispiel für das halte, was nicht stimmt. Alles ist rückständig. Wie steht es etwa mit der Raumfahrt?«
Rob erinnerte sich an die Maschinenlehre-Stunde und an seine eigene Frage danach. Er gab die Antwort, die der Lehrer ihm gegeben hatte: Sie sei von keinerlei praktischem Nutzen für die Menschheit und eine riesige Geldvergeudung gewesen.
Mike sagte: »Was ist für die Menschheit von Nutzen? Dreitägige Reitveranstaltungen? Kricket? Partys? Oder Holovision und die Spiele? Und was ist Vergeudung? Gibt es eine größere Vergeudung, als den menschlichen Unternehmungsgeist einzuschränken?«
Rob sagte: »Die Leute sind doch mit ihrem Leben zufrieden. Darauf kommt es an.« Er bemerkte, daß Mike ihm einen Blick zuwarf, und fügte abschwächend hinzu: »Jedenfalls die überwiegende Mehrheit. Aber ich kann mir beim besten Willen nicht vorstellen, daß die Penfolds eine Revolution organisieren. Sie sind ja nicht einmal imstande, ihren eigenen Haushalt zu organisieren.«
»Das liegt an Mrs. Penfold und Lilian. Das hat nichts mit Roger zu tun.«

»Demnach wollen es Roger und Dan auf eigene Faust probieren?«
»Es gibt noch andere, die die Dinge genauso sehen. Eine ganze Reihe.«
Wahrscheinlich waren es nur wenige, dachte Rob. Ein halbes oder ein ganzes Dutzend, die bei Tisch murrten, weil sie durch das schlechte Essen – wie bei den Penfolds – vermutlich Verdauungsstörungen hatten. Viel Geschwätz, das zu nichts anderem führte als zu noch mehr Geschwätz. Immerhin . . . Ihm fiel ein, was Mrs. Gifford über Rogers zweifelhaften Ruf gesagt hatte. Es wäre nicht zu Mikes Bestem, mit ihnen zu verkehren. Er begann möglichst schonend, etwas in diesem Sinne zu sagen.
Mike hörte eine Weile zu und sagte dann: »Meine Mutter hat dich aufgehetzt, nicht wahr?«
Rob fragte verlegen: »Was meinst du damit?«
»Sie sprach ein paar Worte mit mir«, antwortete Mike, »nachdem sie mein Zeugnis gelesen hatte. Und an Weihnachten fing ich ein paar Gesprächsfetzen auf, als ich Klavier spielte und du mit ihr im Salon warst. Das Haus hat eine merkwürdige Akustik.«
»Ich habe ihr nichts . . .«
»Nichts verraten?« Mike grinste. »Nur keine Bange. Ich weiß, daß du das nie tun würdest. Und mach dir über mich keine Sorgen. Sie übertreibt zuweilen.«
Im Grunde gab es keine Veranlassung, sich ernsthaft Sorgen zu machen. Es handelte sich bei Mike nur um einen Spleen. Manche Leute bekamen gelegentlich einen. Wie der Junge in ihrem Haus, der die erste Quartalhälfte damit verbracht hatte, sich selbst das Geigespielen beizubringen, und die zweite damit, Boote zu schnitzen und sie in den Fluß zu werfen, der sich durch das Schulgebiet wand. Das zweite Unterfangen hatte ihn genauso begeistert und war genauso sinnlos gewesen wie das erste, wenn auch weniger störend für alle anderen.
Mike sagte: »Komisch.«
»Was ist komisch?«

»Ich nehme an, daß ich mich nie für so etwas interessiert hätte, wenn ich dir nicht an jenem Tag begegnet wäre.«
Rob fragte sich, ob das stimmen könne. In gewisser Weise vielleicht ja. Aber vermutlich nur, weil Mike sich langweilte und etwas suchte, das ihn interessierte. Schade, daß es ausgerechnet etwas sein mußte, das zu Schwierigkeiten führen könnte. Aber wenn es sich nur um einen Spleen handelte, so würde er schnell vorübergehen. Rob für seinen Teil war froh, daß der Besuch bei den Penfolds hinter ihnen lag. Vor ihnen lag ein freier Hang. Er sagte zu Mike: »Komm, laß uns hinaufgaloppieren.«

Das Frühjahrsquartal schien sogar noch schneller zu vergehen als das Herbstquartal. Rob hatte das Gefühl, sich in der Schule gut eingelebt und das richtige Maß für die Dinge gefunden zu haben. Nicht immer war alles rosig – er hatte in der Mitte des Quartals eine Pechsträhne, als er innerhalb von drei Tagen zwei Prügelstrafen aufgebrummt bekam. Aber er mußte sich eingestehen, daß er das Leben genoß. Den Höhepunkt brachte ein Geländelauf, bei dem er, nachdem er auf der Strecke meistens an dritter Stelle gelegen hatte, sein Tempo am Schluß noch so zu steigern vermochte, daß er den Sieg davontrug. Sein Name, R. Perrott, würde unter hundert anderen im Fuß des großen Silberpokals eingraviert werden, von dem er im Juni bei der Schlußfeier eine kleine silberne Nachbildung überreicht bekäme. Er freute sich schon in Gedanken darauf.
Das Quartalsende fiel auf einen Tag, der ebenso kühl und feucht war wie die vorangegangenen. Die Postkutsche, die sie nach Hause brachte, spritzte durch Pfützen, die sich in den ausgefahrenen Stellen der Straße gebildet hatten. Danach regnete es noch drei Tage lang fast unablässig, aber dann trocknete und erwärmte die Aprilsonne das Land. Der Frühling trieb überall Knospen. Die Kastanien hüllten sich in zartgrünes Laub und würden bald blühen.
Rob ritt mit Mike nach Oxford, um Geburtstagsgeschenke für Cecily zu kaufen. Sie zügelten die Pferde, um die Stadt

aus der Ferne zu betrachten. Kirchtürme funkelten im Sonnenschein. Eines Tages würde er wie Mike zur Kirche gehen – in die Christ Church, die die Giffords zu besuchen pflegten. Das House, wie es genannt wurde, war fünfhundert Jahre alt, wurde vom Tom Tower überragt und hatte innerhalb seiner eigenen Mauern eine Kathedrale, die als Kapelle diente.
»Sieht hübsch aus«, sagte Rob.
Man äußerte sich nicht begeistert über etwas, von dem man beeindruckt war, rief er sich ins Gedächtnis, das war nicht Sitte. Aber es fiel ihm immer leichter, sich daran zu erinnern, was sich gehörte und was nicht.
Mike erwiderte nach einer kurzen Pause: »Ja. Guck mal dahin.«
»Zu diesen Feldern?«
»Da standen früher Fabriken. Autofabriken. Keine Elektroautofabriken. Sie stellten den altmodischen Typ mit eingebauten Verbrennungsmotoren her. Es war einer der größten Betriebe in England. Vielleicht sogar *der* größte.«
Die Stadt war ein Juwel, die grünen Felder die richtige Fassung dafür. Rob sagte:
»Behaupte jetzt nur nicht, daß du sie dir zurückwünschst!«
Sie stritten sich gelegentlich immer noch über die jetzige Gesellschaftsstruktur, aber weniger häufig. Sie sahen ein, daß sie auf verschiedenen Seiten standen und daß ihre Diskussionen zu nichts führten. Mike zögerte, ehe er antwortete: »Nein, das tue ich nicht.«
Er trieb Captain an, und Rob folgte auf Sonnet. Sie ritten in die Stadt, banden ihre Pferde vor einem Wirtshaus an und machten ihre Besorgungen. Mike fand für Cecily einen hellroten Seidenschal mit karmesinroten Fransen. Rob kaufte für sie einen Anhänger, einen kleinen Opal an einer dünnen Silberkette. Dieser kostete zwar mehr, als er sich eigentlich leisten konnte, aber er wußte, daß er ihr gefallen würde. Danach sahen sie sich noch eine Weile die Schaufenster an. Alles in den Geschäften wirkte wesentlich solider, echter als der Schund und Tand in der Konurba. Vieles war aus Silber

und glänzendem Leder. Sehnsüchtig betrachtete Rob einen prächtigen Bogen mit herrlich gefiederten Pfeilen in einem silberbeschlagenen Köcher.
Eine Uhr schlug, und Rob zog seine Taschenuhr hervor, die ihm die Giffords zu Weihnachten geschenkt hatten, um die Zeit zu vergleichen. Er fragte: »Meinst du nicht, wir sollten jetzt etwas zu Mittag essen?«
»Gut«, antwortete Mike, »tu das. Ich treffe dich dann im Wirtshaus. Mir ist eingefallen, daß ich jemanden aufsuchen muß. Wegen eines Pferdes.«
»Wenn du willst, begleite ich dich.«
Mike schüttelte den Kopf. »Das ist wirklich nicht nötig. Es dauert höchstens fünf Minuten. Mir wäre lieber, wenn du schon etwas für mich bestellen würdest – in diesem Lokal sind sie nicht gerade die schnellsten. Ich nehme eine Fleischpastete.«
Rob hatte den Eindruck, daß mehr dahinter stecke – daß Mike ihn nicht bei sich haben wollte. Na schön, das war seine Angelegenheit. Er nickte und machte sich auf den Weg zum Wirtshaus.

Zu Beginn der Ferien hatten Mike und Rob mit Fliegen in dem Fluß geangelt, der durch das Grundstück von Gifford House floß. Sie hatten mehrere Forellen gefangen, von denen sie einige im Freien brieten und aßen, wobei sie das feste hellrosa Fleisch mit den Fingern von den Gräten lösten. Rob machte eine Bemerkung über die Farbe, und Mike erklärte ihm, daß sie Lachsforellen genannt wurden, obwohl sie nicht zur Familie der Lachse gehörten. Ihr Fleisch sei rosa, weil sie sich hauptsächlich von winzigen rosa Krabben ernährten.
Mike hatte den Vorschlag gemacht, daß sie auch irgendwann einmal auf Lachsfang gehen sollten. In den letzten zwanzig Jahren waren die Lachse die Themse immer weiter aufwärts gewandert, und die Giffords hatten Freunde, die ein Stück Ufer an diesem Fluß besaßen, wo die Familie auf Grund einer Dauereinladung angeln durfte, wann sie wollte. Die Besitzer hießen Beechings; Rob hatte sie schon mehr-

mals getroffen. Er war ein hünenhafter korpulenter Mann, sie einen kleine zierliche Frau. Sie hatten keine eigenen Kinder, umgaben sich aber gern mit der Jugend.
Nach ihrem Einkauf in Oxford hatte Mike fest verabredet, daß sie am kommenden Freitag zusammen hinreiten sollten. Aber am Donnerstag machte er einen Rückzieher. Es handele sich wieder um dieses Pferd. Sein Vater habe ihm erlaubt, sich nach einem zweiten Jagdpferd umzusehen, und der Mann in Oxford behaupte, daß er ein sehr gutes in Aussicht habe. Die Möglichkeit, es sich anzuschauen, habe sich früher ergeben, als er erwartet habe. Der Mann versicherte, es gäbe noch andere Interessenten.
Rob sagte: »Okay. Wir können den Lachsfang ja verschieben. Wir haben noch eine Menge Zeit, ehe wir wieder zur Schule gehen müssen.«
»Mir wäre es lieber, wenn du die Verabredung einhalten würdest. Die Beechings erwarten uns zum Mittagessen. Ich dachte, du könntest mich entschuldigen. Sie wären schrecklich enttäuscht, wenn wir sie beide im Stich ließen.«
»Wie du meinst«, erwiderte Rob. »Hoffentlich bekommst du das Pferd.«
»Das hoffe ich auch. Natürlich muß Harry es noch begutachten.«
»Nimmst du ihn mit?«
»Nein.«
»Wäre das nicht vernünftiger?«
»Ich glaube nicht.« Seine Stimme klang leicht gereizt. »Vor dem Kauf muß es auch noch von Mr. Lavernham untersucht werden.« Mr. Lavernham war der Tierarzt. »Aber ich möchte es mir erst einmal selber anschauen.«
Rob fand die ganze Sache etwas umständlich, aber vermutlich wußte Mike, was er wollte. So sagte er nur: »Na schön. Jetzt solltest du mir lieber zeigen, wie ich zu den Beechings gelange. Komm, wir wollen uns die Landkarte angukken.«
Die Beechings wohnten ein ganzes Stück von Gifford House entfernt, auf der anderen Seite eines niedrigen Hügel-

kamms. Die Sonne war schon längst aufgegangen, als Rob die Themse erreichte. Am anderen Ende der Wiese erblickte er das Haus der Beechings und erkannte es an dem kegelförmigen Turm daneben, den, wie Mike ihm erzählt hatte, irgendein exzentrischer Ahnherr erbaut hatte: Überall im Landkreis gab es solche Verrücktheiten.
Es war verabredet worden, daß sie bis mittags angeln und erst dann die Beechings besuchen sollten. Rob band Sonnet an einer Stelle fest, an der sie reichlich grasen konnte, und bezog Stellung am Ufer.
Eine Zeitlang hatte er kein Glück. An Lachsen fehlte es nicht; er sah ihre langen, geschmeidigen, glitzernd geschuppten Körper hochschnellen, um nach Fliegen zu schnappen, aber sie nahmen keine Notiz von seinem Köder. Es dauerte sicher ein bis zwei Stunden, ehe der erste anbiß. Der Fisch wehrte sich heftig und riß sich schließlich los. Es folgte eine weitere lange und entmutigende Zeitspanne ohne Anbiß. Dann zog er innerhalb einer halben Stunde drei an Land, zwei Vier- oder Fünfpfünder, der dritte mindestens ein Achtpfünder.Inzwischen war es sehr warm geworden. Er wischte sich den Schweiß von Gesicht und Händen und fand, daß er für heute Schluß machen könnte. Er sollte vor ein Uhr bei den Beechings sein, und es war schon nach zwölf.
Befriedigt ritt er über die Wiesen. Er würde Mike etwas vorzeigen können, wenn er nach Hause käme. Gerade dachte er daran, als er einen Trupp Reiter ein Feld über die Straße galoppieren sah. Es war kein Anblick, der ihm Angst einjagte, aber es machte ihn neugierig. Die Patrouillen bestanden aus jungen Männern, die sich gern körperlich betätigten und zur Schau stellten, und die Rivalität unter den verschiedenen Truppen zeigte sich vorwiegend bei Pferderennen und anderen Reitveranstaltungen. Sie pflegten morgens und abends auszureiten, aber nicht mittags. Und diese Patrouille war zu groß – viel zu groß. Statt aus einem halben Dutzend wurde sie aus zwanzig, ja noch mehr Reitern gebildet. Er blickte ihnen nach, bis sie auf der Straße nach Oxford verschwun-

den waren, und lenkte dann Sonnet zum Haus der Beechings.

Dort herrschte große Aufregung, und die Bediensteten stoben wie kopflose Hühner in alle Himmelsrichtungen. Er rief einen, bekam aber nur eine unverständliche Antwort. Rob stieg ab und hielt nach einem Stallknecht Ausschau, der für sein Pferd sorgen könnte, als er Mrs. Beeching erblickte, die ihm aus dem Haus entgegeneilte. Sie sah kreidebleich aus. Rob verbeugte sich leicht und fragte: »Was ist denn los? Kann ich Ihnen irgendwie behilflich sein?«

»Hast du denn nicht die letzten Nachrichten gehört?«

Er schüttelte den Kopf. »Ich war draußen am Fluß.«

»Etwas Entsetzliches.« Ihre Stimme zitterte. »Einfach entsetzlich! Wer hätte geglaubt, daß dies je geschehen könnte?«

Er drängte sie: »Was ist denn geschehen, Madam?«

»Ein Aufstand ist ausgebrochen. Warum nur? Wieso? Es ist nicht zu fassen. Sie haben Oxford erobert. Und Bristol . . .«

Oxford, dachte er. Mike! Der Mann mit dem Pferd war nur ein Vorwand gewesen, um das Haus zu verlassen. Er mußte daran beteiligt sein. Das alles klang unglaubhaft. Gewalt war etwas, das in China angewendet wurde oder bei Krawallen sinnlos Betrunkener in den Konurbas. Aber doch nicht hier in dem Frieden und der Geborgenheit des Landkreises. Und Bristol war die Hauptstadt des Landkreises, der Sitz der Regierung. Rob sagte: »Sie können Bristol nicht eingenommen haben. Wie denn?«

»Sie haben Gewehre benutzt.«

Eine Welt der Erschütterung und des Entsetzens klang aus ihrer Stimme. Gewehre gab es laut Gesetz schon so lange nicht mehr, daß man alle Kontrollen vergessen hatte. Gewehre wurden im Krieg benutzt, eine halbe Erdkugel entfernt, aber nicht hier in England. Nicht einmal in den Konurbas, wo Messer und Gummiknüppel die gefährlichste Bewaffnung der Verbrecher war. Es war kaum zu fassen, aber er wußte, daß sie die Wahrheit sprach. Sonst ließ sich

die Eroberung der Städte nicht erklären. Roger Penfold, dachte er, und seinesgleichen ... mußten irgendwie Gewehre aus dem Fernen Osten eingeschmuggelt haben.
Rob berichtete: »Ich sah auf der Straße einen Reitertrupp.«
Mrs. Beeching sagte: »Die Bürgerwehr formiert sich. Aber vielleicht ist es schon zu spät. Auch mein Mann hat sich ihnen angeschlossen. Er ist schon zu alt ... und nicht mehr rüstig genug. Aber er bestand darauf.«
Zu einem anderen Zeitpunkt wäre die Vorstellung, daß der fette, alte Mr. Beeching in den Kampf ritt, einfach lächerlich gewesen, aber Rob war es überhaupt nicht zum Lachen zumute. Er verabschiedete sich: »Ich muß zurück.«
»Iß lieber erst noch etwas.«
Rob schüttelte den Kopf. »Ich reite besser sofort los.«

Gifford House machte einen verlassenen Eindruck. Die Ställe waren bis auf ein Pferd, das seit einigen Tagen lahmte, leer. Kein Stallknecht ließ sich blicken, um ihm Sonnet abzunehmen, so daß Rob sich selbst um sie kümmern mußte. Er rieb sie gerade ab, als er sich auf ein Geräusch hin umdrehte und Mrs. Gifford erblickte. Er fragte: »Sind sie alle ...?«
»Mit der Bürgerwehr davongeritten. Auch dein Onkel.«
»Wissen Sie, wo sie sich versammeln, Tante Margaret? Ich will ihnen nachreiten.«
»Nein, dazu bist du noch zu jung.«
»Ich kann mit einem Schwert umgehen. Ich habe eine gute Note im Fechten. Ich möchte etwas tun.«
»Sie haben die Hilfe von Jungen nicht nötig«, entgegnete sie. »Zumindest nicht auf unserer Seite. Wo ist Mike, Rob?«
»Ich weiß nicht. Er hat mir gesagt ...«
»Ich möchte von dir die Wahrheit hören.« Kalte Wut klang in ihrer Stimme mit. »Ich glaube, daß ich ein Anrecht darauf habe. Er hat etwas damit zu tun, nicht wahr?«
»Ich weiß nicht.« Ihr Blick durchbohrte ihn wie ein Dolch.

»Ich glaube ja.«
»Erzähl mir alles, was du weißt. Aber auch alles.«
Es hat keinen Sinn, sagte er sich, länger Schweigen zu bewahren. Selbst wenn es noch einen gehabt hätte, zweifelte er daran, ob er ihrem Befehl hätte widerstehen können. Er fürchtete sich vor ihrem Zorn, wollte nicht, daß sie ihn haßte. Er erzählte von der Zusammenkunft in Penfolds Zimmer und das, was danach passiert war.
Als er geendet hatte, sagte sie: »An Weihnachten habe ich dir gesagt, daß ich mir Sorgen um Mike machte, und dich um Hilfe gebeten. War das alles, was du für ihn tun konntest? Der ganzen Sache den Rücken zu kehren und deine Hände in Unschuld zu waschen?«
»Ich habe mich mit ihm darüber gestritten.«
»Gestritten?«
»Er redete nur zu Anfang von einer Revolution. Ich hielt das für eine wirre Idee, die auf nichts hinauslaufen würde. Ich fand die ganze Geschichte einfach hirnverbrannt.«
Sie starrte ihn an. »Du warst ein Flüchtling, als Mike dich fand. Ein Konurbaner. Hungrig und durstig, schmutzig und verängstigt, in Lumpen und einer Vogelscheuchenjacke. Er hat dir geholfen, dich versorgt, uns überredet, dich in die Familie aufzunehmen. Ich hoffe, du bist stolz darauf, wie du ihm das vergolten hast.«
Sie machte kehrt und ging aus dem Stall. Rob kam sich erbärmlich vor. Mechanisch pflegte er das Pferd weiter. Wenn es ihm gelingen würde, sich zur Stätte des Kampfes durchzuschlagen, könnte er vielleicht Mike finden und ihm sogar helfen. Danach ... Was auch immer geschehen mochte, er könnte nicht mehr hierher zurückkehren. Darüber müßte er sich später Gedanken machen, im Augenblick spielte es keine Rolle.
Er sattelte Sonnet wieder und führte sie nach draußen. Dann stieg er auf und ritt zur Auffahrt, als er seinen Namen hörte. Mrs. Gifford stand in der Hintertür. Sie rief ihn nochmals, und er kam zu ihr. Sie fragte ihn: »Wohin willst du?«
Er sagte: »Fort, Madam.«

Sie legte die Hand auf den Zügel. »Ich habe zu streng mit dir gesprochen. Was geschehen ist, ist nun einmal geschehen.«
Rob schüttelte den Kopf. »Ich muß fort.«
»Alle Männer sind fort«, sagte sie. »Cecily und ich sind bis auf die Dienstmädchen allein. Bleib bei uns, Rob!«
Ihre Augen ließen seine Augen nicht los. Ihr Gesicht war abgespannt und alt, aber dennoch schön. Er erkannte, daß sie ihn brauchte, daß dies eine andere Aufnahme war als die damals. Er nickte und stieg ab.

Nächtlicher Besuch

Die Tage vergingen langsam. Das Telefon war außer Betrieb, und sie wußten nicht genau, was geschah. Ein Hausierer kam mit seinem Packpferd vorbei und füllte die Köpfe der Dienstmädchen mit Gerüchten und Greuelnachrichten. Massaker hätten stattgefunden. In Oxford wäre die Cherwell rot von Blut gewesen. Horden von Konurbanern hätten die Sperre durchbrochen und würden alles auf ihrem Weg töten und verheeren und niederbrennen. Vermutlich lauter Lügen:
Hausierer waren berüchtigt dafür, aber man konnte nicht sicher sein. Ehe Rob zu Bett ging, schaute er nach, ob alle Türen abgeschlossen und verriegelt waren. Ein mordgieriger Pöbel würde zwar wahrscheinlich auch die Fenster einschlagen, aber Rob tat wenigstens irgend etwas.
Er kam auf dem Weg zu seinem Zimmer an Cecilys vorbei. Sie rief ihn zu sich.
Rob fragte: »Geht es dir gut?«
Sie saß im Bett. »Ich habe Schritte gehört«, entgegnete sie, »und hatte Angst. Dann erkannte ich, daß es deine waren.«
»Du brauchst vor nichts Angst zu haben.«
»Warum ist Mike nicht zurückgekommen?«
»Er wohnt bei Freunden und wartet ab, bis die Unruhen vorbei sind.«
»Wann wird das sein?«
»Bald.«
»Bist du sicher?«
»Ganz sicher.«
»Der Lumiglobus brannte nicht. Nur das Nachtlicht flakkerte auf ihrem Nachttisch. Das Zimmer war voller Schatten. Sie bat ihn: »Gib mir einen Gute-Nacht-Kuß.«
Er küßte sie auf die Stirn, und sie kuschelte sich unter die Decken.
Als er zur Tür ging, sagte sie: »Rob?«

»Ja?«
»Ich bin so froh, daß du da bist.«
»Schlaf jetzt«, sagte er. »Es wird schon bald Morgen.«
Er ging in sein eigenes Zimmer, stellte sich ans Fenster und starrte lange in die Dunkelheit, ehe er sich hinlegte.

Der Morgen war trüb vom Regen, der unablässig aus einem grauen Wolkenhimmel herabfiel. Mrs. Gifford versuchte nochmals vergeblich, zu telefonieren. Rob erbot sich, zu Nachbarn zu reiten, um sich zu erkundigen, ob sie zuverlässige Nachrichten hätten, aber sie war dagegen, und er beharrte nicht darauf. Die Stunden schleppten sich dahin, und zum erstenmal vermißte Rob die aktuelle Kamera in der Holovision. Er ging ins Gewächshaus, um Mr. Giffords Zwergbäume zu gießen. Regen prasselte auf die Glasscheiben. Er hörte Cecilys Stimme und dann ihre schnellen Schritte. Sie erschien aufgeregt und verängstigt in der Tür.
Er fragte: »Was ist denn?«
»Reiter.« Ihre Brust hob und senkte sich heftig. »Mami hat sie vom Salon aus gesehen. Sie kommen aus dem Wald.«
Er stellte ihr keine weiteren Fragen, sondern rannte los, und Cecily folgte ihm. Mrs. Gifford drehte sich am Fenster um.
Sie sagte: »Du hast bessere Augen.«
Es war ein halbes Dutzend. Rob erkannte als ersten Harry, den Stallmeister, auf einem großen braunen Pferd namens Miller, dann Mr. Gifford.
Er sagte: »Sie brauchen keine Angst zu haben, Tante Margaret. Es ist Ihr Mann mit seinen Leuten.«
Sie gingen hinaus in den Regen und waren völlig durchnäßt, als die Reiter sie erreichten. Mrs. Gifford sah zu ihrem Mann auf. »Was ist passiert?«
»Hast du das noch nicht erfahren?«
»Das Telefon ist kaputt. Kämpfen sie immer noch?«
Er schüttelte den Kopf. »Alles ist vorbei.«
»Und . . .?«
»Der Aufstand ist niedergeschlagen worden. Man hatte uns

nicht mehr nötig. Alles ist unter Kontrolle. Meine Liebe, du bist ja völlig durchnäßt. Geh hinein. Ich komme nach, sobald wir die Pferde im Stall haben.«
Sie rührte sich nicht von der Stelle. »Und Mike?«
Er antwortete bedrückt: »Ich weiß nicht. Ich habe gehört, daß der junge Penfold gefallen sei, doch es war nur ein Gerücht. Aber nichts über Mike.«

Nachmittags hörte es für ein paar Stunden auf zu regnen, doch dann goß es von neuem heftiger als zuvor. Zur Teestunde funktionierte das Telefon wieder, und Mrs. Gifford rief mehrere Leute an, konnte aber nichts über Mike erfahren. Sein Name stand nicht auf der vorläufigen Liste der Gefallenen und Verwundeten, aber die war noch unvollständig. Die Behörden waren dabei, Ordnung zu schaffen. Eine Liste der Gefangenen war noch nicht veröffentlicht worden.
Fest stand, daß die Revolution niedergeschlagen worden war: Kein Ort befand sich mehr in den Händen der Aufständischen. Einzelheiten waren vage, aber allem Anschein nach hatte die Regierung Waffen in Reserve gehalten. Gewehrfeuer wurde mit Gewehrfeuer erwidert. Die Revolution hätte nur mit der Unterstützung des Volkes Erfolg haben können, und davon konnte keine Rede sein. Man hatte versucht, die dienende Klasse als Ganzes für sich zu gewinnen, aber der Versuch war kläglich gescheitert. Die Geschichte von der Invasion der Konurbaner stimmte überhaupt nicht. Die ganze Affäre, so beunruhigend sie auch gewesen sein mochte, hatte nur die Stärke und Stabilität des herrschenden Systems bewiesen.
Für die Giffords war das nur ein geringer Trost. Nach dem Abendessen saß Mr. Gifford allein an einem Walnußtisch, eine schwere Portweinkaraffe mit silbernem Stöpsel vor sich. Als Rob zu ihm ging, um ihm Gute Nacht zu sagen, sah er, daß Mr. Giffords Hände zitterten. Er sagte: »Solange er noch am Leben ist . . . Sie werden ihn nicht allzu streng bestrafen. Er ist doch nur ein Junge.«
Es herrschte Stille bis auf das Ticken der alten Wanduhr, de-

ren Zifferblatt auch die Mondphasen zeigte, sowie einen Mann und eine Frau auf einer Wippe, die das Wetter vorhersagten. Das Männlein schwang sich höher als seine Partnerin, was für morgen einen schönen Tag verhieß. Mr. Gifford schenkte sich noch ein Glas Portwein ein. Dann sagte er: »Ich darf dich nicht länger aufhalten, Rob. Du hast deinen Schlaf nötig. Gute Nacht, mein Junge.«
Obwohl Rob schrecklich müde war – er hatte letzte Nacht nicht gut geschlafen –, konnte er nicht einschlafen. Er lag im Bett und starrte in die Nacht, die nun der Mondschein versilberte. Die Wolken zogen auf Gebot des Männleins davon.
Ein Klopfen an der Tür schreckte ihn auf. Cecily, dachte er, die Gesellschaft haben wollte. Er rief: »Herein.«
Die Tür öffnete sich. Auf der Treppe brannte kein Licht, und der Mondschein fiel nicht so weit herein. Die Gestalt war undeutlich, aber es war nicht Cecily. Rob wollte etwas sagen, wurde aber unterbrochen.
»Ich bin es . . .« Mike kam herein und schloß leise die Tür hinter sich.
Rob sprang aus dem Bett.
Mike flüsterte: »Wir müssen leise sein. Papa ist noch auf.«
Rob sagte: »Ich weiß. Wie bist du denn hereingekommen?«
»Durch die Küche. Die Köchin läßt immer ein Fenster für die Katzen auf.« Er fröstelte. Seine Sachen waren naß, sein Haar klebte an seiner Stirn.
Rob sagte mit gedämpfter Stimme: »Zieh lieber diese Sachen aus. Ich hole dir trockene und ein Handtuch, damit du dich abrubbeln kannst.« Er holte sie aus Mikes Zimmer, und Mike trocknete sich ab und zog sich um. Rob fragte ihn, warum er nicht zuerst in sein eigenes Zimmer gegangen sei.
Mike antwortete: »Du hättest mich vielleicht gehört und, ohne lange nachzudenken, Alarm geschlagen. Außerdem war ich nicht sicher, ob sie nicht jemanden dort postiert haben, um mich in Empfang zu nehmen.«

Das erste klang einleuchtend, das zweite absurd. Aber nachdem Mike sich an der Verschwörung beteiligt hatte, sah er überall Listen und Fallen.
Rob fragte: »War es schwer, herzukommen?«
»Ich mußte mich bis zum Einbruch der Dunkelheit versteckt halten. Captain hat bessere Augen als die meisten Katzen.«
»Wo ist er?«
»Captain? Ich habe ihn im Gebüsch angebunden. Ich wagte nicht, ihn in den Stall zu bringen, weil er sonst vielleicht einen Stallknecht geweckt hätte. Aber ich bin selbst hineingeschlichen, um eine Decke und Hafer für ihn zu holen.«
»Wie steht es mit dir? Wann hast du das letzte Mal etwas gegessen?«
»Eine richtige Mahlzeit? Gestern. Aber keine Bange, ich habe ein kaltes Huhn aus der Speisekammer geklaut und es verschlungen.«
»Hör zu«, sagte Rob, »meinst du nicht, daß du deinen Eltern sagen solltest, daß du hier bist? Sie haben sich schreckliche Sorgen um dich gemacht.«
»Ich weiß. Es tut mir sehr leid. Aber ich möchte sie nicht in die Sache hineinziehen.«
»Sie sind schon mit hineingezogen.«
Mike schwieg. Sein mondbeschienenes Gesicht war müde und abgespannt.
Er sah aus, als hätte er viel durchgemacht. Rob fragte: »Was ist geschehen?«
»Wir haben verloren. Das hast du sicher schon gehört.«
»Ja.«
»Sie hatten auch Gewehre.«
Rob sagte: »Aber ihr habt sie zuerst benutzt.«
»Auch Hubschrauber? Und Gasbomben?«
»Davon weiß ich nichts.«
»Die haben uns fertiggemacht. Erst ließen sie uns gewähren. Als wir uns dann versammelt hatten, erschienen sie mit Hubschraubern und warfen Nervengas ab. Eine mittlere Dosis lähmt einen, eine große tötet einen. Ich hatte Glück.

Ich stand am Rand. Von der Menge, die ich einatmete, wurde mir nur übel.«
Rob sagte: »Ihr konntet doch nicht erwarten, daß sie einfach zuschauen und euch den Sieg überlassen würden. Es war vielleicht die schnellste Lösung und die unblutigste.«
»Und sie richtete kaum Schaden am Privatbesitz an – noch ein wichtiger Punkt. Sie haben uns erwartet. Diese friedliche elegante Gesellschaft mit ihren Pferden und Zierschwertern und Anstandsregeln ... und dahinter Gewalt, gezückte Waffen, Rücksichtslosigkeit.«
»Ist das denn so schlimm? Man muß doch damit rechnen, daß die Leute sich verteidigen?«
»Das verstehst du nicht.« Mike sprach in kaltem, nüchternem Zorn. »Alles ist Schwindel, eine Schau für Marionetten. Bleibe auf dem Platz, auf den Gott dich zu stellen beliebte, und dir passiert nichts. Trete aus der Reihe, und du wirst vernichtet.«
»Ihr entstammt alle dem Landadel, nicht wahr? Die Dienerschaft hat die Revolution nicht unterstützt.«
»Nein, sie haben uns nicht unterstützt. Das ist ein Pluspunkt für die Regierung, wie? Es zeigt, daß es nur das Werk einiger weniger sich langweilender und unzufriedener Leute war – daß sonst alles prächtig ist. Die Bediensteten sind eben besser manipuliert worden – weiter nichts. Ihnen ist eingebleut worden, daß sie nur das haben wollen, was sie bereits besitzen.«
»Vielleicht ist das, was sie haben, nicht so schlecht im Vergleich zu dem, was sonst eintreten könnte. Bei den Revolutionen in der Vergangenheit kämpfte man gegen etwas – gegen den Hunger, gegen die Unterdrückung, gegen die Sklaverei. Für die Bediensteten wird gut gesorgt. Sie blicken zum Landadel auf und können auf die Konurbaner herabblicken. Warum sollten sie einen Umsturz wollen?«
Mike fragte müde: »Ja, warum sollten sie?«
»Die Leute sind sowohl hier als auch in der Konurba recht glücklich. Welchen *Sinn* hat es also, den Stand der Dinge verändern zu wollen?«

»Immer das gleiche abgedroschene Argument.« Mike grinste Rob bitter an. »Wir haben eben verschiedene Ansichten, wie? Mein Gott, was bin ich müde.«
»Geh ins Bett. Ruh dich etwas aus.«
Mike schüttelte den Kopf. »Es ist riskant, überhaupt hier zu sein. Hier werden sie bestimmt nach mir suchen.«
»Es wird Tage dauern, ehe sie die ganze Sache aufgedeckt haben. Höchstwahrscheinlich sogar Wochen.«
»Laß dich nicht von der scheinbaren Verwirrung täuschen. Genau das ist uns passiert. Die Gesellschaft, in der wir leben, ist organisierter, als es den Anschein erweckt.«
»Laß mich deinen Eltern sagen, daß du hier bist. Wenigstens deiner Mutter. Sie könnte dir helfen.«
Mike gähnte. »Kommt nicht in Frage.«
»Was willst du denn tun?«
»Ich schaffe es schon.«
»Aber es ist aus. Das gibst du doch zu. Früher oder später mußt du dich stellen. Sie werden dir nichts tun. Wahrscheinlich tun sie keinem der Aufständischen etwas, da sie die Revolution schon im Keim ersticken konnten. Ich nehme an, daß du vielleicht von der Schule verwiesen wirst.«
»Von der Schule verwiesen?« Mike lachte. »Daran habe ich überhaupt nicht gedacht.«
»Aber du siehst doch ein, daß du dich schließlich ergeben mußt. Du kannst dich nicht ewig verborgen halten.«
Mike sagte ironisch: »Wenn ich mich richtig erinnere, habe ich dir einmal etwas Derartiges gesagt. Wir haben die Rollen vertauscht, nicht wahr? Du bist hier und ich bin auf der Flucht. Komisch, wenn man das bedenkt.«
»Ja, du hast recht. Du wärst ganz auf dich gestellt. All deine Freunde sind gefangengenommen worden.«
»Oder tot. Aber das stimmt nicht ganz. Einigen gelang es, zu entkommen. Den wichtigsten.«
»Und jeder im Landkreis wird Jagd auf euch machen.«
»Im Landkreis – ja.« Seine Stimme klang rätselhaft.
Rob sagte: »Was meinst du damit?«
»Einer unserer Leute hat Vorbereitungen für den Fall eines

Mißerfolges getroffen. Er rechnete damit, daß es unmöglich wäre, im Landkreis etwas zu erreichen. Aber wir haben Freunde in den Konurbas.«
»Dort fand kein Aufstand statt. Das war ein falsches Gerücht.«
»Dort war auch kein Aufstand geplant. Jedenfalls nicht zu diesem Zeitpunkt. Wenn wir den Landkreis in unsere Gewalt bekommen hätten, wäre das nicht nötig gewesen. Das heißt aber nicht, daß es in den Konurbas keine Widerstandsbewegung gibt, daß wir nicht von dort aus operieren können. Es wird nur länger dauern, weiter nichts.«
Rob sagte: »Willst du damit etwa sagen, daß es weitergeht, daß du noch immer auf eine Revolution hoffst?«
»Aber natürlich.«
»Du bist verrückt. Selbst wenn es einen Sinn hätte, wäre es unmöglich. Ihr könnt nicht auf einen Sieg hoffen. Das müßtest du inzwischen eingesehen haben.«
»Es nützt nichts, zu behaupten, daß wir nicht darauf hoffen könnten, denn gerade das tun wir.« Mike zuckte die Achseln. »Unsere Aussichten mögen zwar nicht besonders günstig sein, aber sie sind immer noch besser, als gar keine Aussicht und gar keine Hoffnung mehr zu haben.«
»Du hast also vor . . .«
»Über die Sperre zu gelangen. Den umgekehrten Weg wie du einzuschlagen.«
Rob fragte ungläubig: »Und dort zu leben – in der Konurba?«
»Ja.«
»Inmitten der Menschenmengen und des Lärms und der Verschmutzung? Dir wird jede Minute dort verhaßt sein. Ich weiß, wie es dort ist. Du dagegen nicht. In Landhäusern Pläne schmieden und sich ein paar Stunden an einem Aufstand beteiligen, ist etwas anderes als tagaus, tagein, Monat für Monat, wie ein Konurbaner zu leben.«
Mike sagte: »Ich habe mir nie eingebildet, daß es besonders erfreulich für mich sein wird.«
Rob erkannte, daß er es ernst meinte. Er wurde von wider-

sprüchlichen Gefühlen hin und her gerissen und hatte das Gefühl, daß er Mike nochmals im Stich ließ – daß Mrs. Giffords Vorwurf, er vergelte ihm seine Hilfe schlecht, immer noch zutreffe. Andererseits ... Er sagte: »Da irrst du dich. Ich bin überzeugt davon, daß du das auf die Dauer erkennen wirst. Wenn das der Fall ist, kannst du sogar aus der Konurba zurückkehren. Wenn ich dagegen wieder hinginge...«

»Ich weiß, es wäre etwas anderes.« Mike legte die Hand auf Robs Schulter. »Selbst wenn du mitkommen wolltest, würde ich dich nicht mitnehmen.«

»Geh nicht hin«, sagte Rob. »Dir wird nichts passieren, wenn du dich der Polizei stellst.«

Mike sah ihn an. »Meinst du nicht?«

»Ich bin sicher. Da die Gefahr gebannt ist ...«

»Lassen wir das«, sagte Mike. »Ich habe meinen Entschluß schon gefaßt.«

»Wenn du mir nur erlauben würdest, mit deinen Eltern zu reden – ihnen zu sagen, daß du hier, daß du in Sicherheit bist ...«

»Glaubst du, sie ließen mich dann wieder gehen?« Rob schwieg. Mike fuhr fort: »Ich nehme an, daß ich nicht hätte herkommen sollen, aber es lag auf meinem Weg, und ich glaubte, hier leichter etwas zu essen klauen zu können als sonstwo. Woanders hätte vielleicht ein Wachhund angeschlagen. Tess versuchte nur, mich am ganzen Leib abzulecken. Aber ich darf mich nicht länger aufhalten. Ich möchte morgen früh den Zaun überwinden. Der Mondschein wird mir eine Hilfe sein.«

»Und Captain? Du kannst ihn doch nicht mitnehmen?«

»Nein.« Er rang sich ein schwaches Lächeln ab. »Ich lasse ihn frei. Er findet schon seinen Weg nach Hause zurück.«

»Überleg es dir anders!« sagte Rob. »Noch kannst du es.«

»Nein.«

»Ich könnte Alarm schlagen – deinen Vater rufen.«

»Aber du wirst es nicht tun.«

Er sagte das mit voller Überzeugung, und Rob wußte, daß er

recht hatte. Rob zeigte auf den nassen und verschmutzten Kleiderhaufen. »Die vergrabe ich morgen früh.«
»Vielen Dank. Jetzt muß ich aber los. Solltest *du* es dir anders überlegen und deine Meinung über den Stand der Dinge ändern...« Er lächelte. »Ich weiß, das ist unwahrscheinlich. Aber auf alle Fälle – mein Ziel ist die Konurba Southampton. Ein Stadtteil namens Eastleigh. Minborough Road 244. Da wirst du mich entweder selbst antreffen oder jemand kann dir sagen, wo ich stecke.«
Rob sagte: »Ich begleite dich hinaus.«
»Nein. Lieber nicht.«
»Doch. Wenn wir jemanden wecken, kann ich sagen, daß mir nicht gut sei und ich etwas herumspaziere. Oder zur Küche ging, weil ich Hunger hätte. Das würde auch das Verschwinden des Huhns erklären.«
»Da hast du recht. Komm also.«
Die Treppenstufen knarrten zwar, aber sie weckten niemanden. Der Lichtstreifen unter der Salontür zeigte, daß Mr. Gifford noch bei seinem Portwein saß, aber sie schlichen lautlos und unbemerkt vorbei. In der Küche packte Mike einen Laib Brot und mehrere dicke Scheiben Schinken ein. Nacheinander kletterten sie durch das Fenster. Der Mond beschien eine niedrig im Westen davonziehende Wolkenwand und umriß das Haus und die Bäume. Captain wieherte leise, als Mike sich ihm näherte.
Sie drückten sich die Hände und sagten sich auf Wiedersehen. Ohne noch mehr Zeit zu verschwenden, stieg Mike auf und ritt durch das schwarze und silbrige Gras davon.

Die Wächter

Sie sahen wie eine gewöhnliche Patrouille aus. Sie trugen scharlachrote Waffenröcke und Reitstiefel, und an ihren Koppeln hingen Säbel. Auch der Anführer sah ganz normal aus, aber erstaunlicherweise betrat er das Haus unangemeldet, ja bat nicht einmal um Erlaubnis. Er traf die Familie beim Frühstück an. Er war ein schlanker dunkelhaariger Mann Ende Zwanzig mit dünner Nase, die er sich einmal gebrochen hatte und die schlecht zusammengewachsen war, und einem Mund, der zu lächeln schien, es aber nicht tat.
Er schlug die Hacken zusammen, verbeugte sich kurz und sagte: »Ich hoffe, daß Sie mir die Formlosigkeit verzeihen.« Er sprach schnell und sachlich, was nicht den Eindruck erweckte, daß ihm etwas daran gelegen sei, ob man ihm verzieh oder nicht. »Es handelt sich um eine dringende Regierungsangelegenheit. Mein Name ist Marshall. Captain Marshall.«
Rob bemerkte etwas Ungewöhnliches – ja Außergewöhnliches. An der einen Seite seines Koppels hing ein Lederhalfter, aus dem der Kolben einer Pistole hervorguckte.
Mr. Gifford sagte: »Hat es etwas – mit meinem Sohn zu tun?«
»Was ist mit Ihrem Sohn?«
»Ich dachte nur . . .«
Die Augen blickten kalt, die Haut darum war faltig und ledern, als hätten sie zu lange in grelle Sonne und beißenden Wind gestarrt. Verglichen mit einem Durchschnittsgentleman im Landkreis sah er sowohl wilder als auch disziplinierter aus. Sicher ein Veteran des Chinakrieges, vermutete Rob.
Der Mann fragte: »Haben Sie Ihren Sohn seit dem Aufstand gesehen?«
Mr. Gifford schüttelte den Kopf. Mrs. Gifford fragte ihrerseits mit gepreßter Stimme: »Haben Sie irgend etwas von ihm gehört, Captain?«

»Nur daß sein Name auf der Fahndungsliste derjenigen steht, Madam, gegen die Haftbefehle wegen Beteiligung an dem bewaffneten Aufstand vorliegen.«
»Dann lebt er also noch!«
Marshall erwiderte: »Das kann sein. Mir ist jedenfalls nichts Gegenteiliges bekannt.« Sein Blick kehrte zu Mr. Gifford zurück. »Es ist Ihnen sicher klar, daß Sie, falls Ihr Sohn heimkommt, die Behörden benachrichtigen und ihn so lange festhalten müssen, bis eine Patrouille eintrifft, um ihn in Gewahrsam zu nehmen.«
»Ja«, antwortete Mr. Gifford, »das ist mir klar.«
Cecily rief aus: »Wird er ins Gefängnis gesteckt?«
Marshall überhörte ihre Frage und fuhr fort: »Falls Sie wissen, wo er sich aufhält, so teilen Sie mir das bitte mit.«
Mr. Gifford entgegnete müde: »Ich weiß es nicht.«
Marshall starrte ihn einen Augenblick stumm an und sagte dann: »Sollten Sie es noch erfahren, so müssen Sie es der zuständigen Behörde melden. Ich hoffe, Ihnen ist auch das klar? Bei Unterlassung droht eine schwere Strafe . . .«
»Ja«, sagte Mr. Gifford, »auch das ist mir klar.« Er blinzelte. »Wenn Sie damit Ihren Auftrag ausgeführt haben, so möchten wir Sie nicht länger von Ihren Pflichten abhalten.«
Marshall schüttelte leicht den Kopf. »Das ist nicht mein Auftrag.« Er musterte Rob scharf. »Ich nehme an, daß dieser Junge Rob Perrott ist, ein ferner Verwandter von Mrs. Gifford, der bei Ihnen lebt?«
»Ja«, antwortete Mr. Gifford. »Der Sohn einer Kusine meiner Frau.«
Marshall nickte flüchtig, ohne Rob dabei aus den Augen zu lassen, und sagte: »Mein Auftrag lautet, daß ich ihn zu einem Verhör abholen soll.«
Mr. Gifford schwieg. Mrs. Gifford erwiderte: »Er hat mit der ganzen Sache nichts zu tun. Im Gegensatz zu unserem Sohn – das geben wir zu. Aber Rob bestimmt nicht. Darauf geben wir unser Ehrenwort.«
Marshall zog seine Brauen etwas in die Höhe, aber sonst änderte er seine Miene nicht. Er beharrte: »So lautet mein

Auftrag.« Er machte eine Pause und fügte dann hinzu: »Die beiden Jungen haben zusammengelebt und waren zusammen auf der Schule. Es kann etwas gesagt, ein Hinweis gegeben worden sein, was für uns von Nutzen sein könnte. Möglicherweise hat der Junge selbst es nicht einmal gemerkt. Es handelt sich nicht um eine Verhaftung, und für ihn wird gut gesorgt werden.«
»Wohin bringen Sie ihn?« fragte Mrs. Gifford.
Marshall antwortete nicht darauf. Er wiederholte: »Für ihn wird gut gesorgt werden.«
Sie fuhr fort: »Und wie lange werden Sie ihn dabehalten?«
»Nicht lange. Nicht länger als nötig.«

Rob ritt an Marshalls Seite, und der Rest der Patrouille zokkelte hinter ihnen her. Marshall war wortkarg, und seine Art ermutigte Rob nicht zum Reden. Erst als sie in eine vertraute Straße einbogen und er in der Ferne grüne Parktore erblickte, fragte er: »Demnach bringen Sie mich nach Old Hall?«
Marshall warf ihm einen Blick zu. »Ja.«
Rob fühlte sich sehr erleichtert. Marshalls strenges Schweigen, seine Patrouille und die Pistolen hatten das Bild eines finsteren gefängnisähnlichen Gebäudes irgendwo, vielleicht in Bristol, und scharfer Verhöre heraufbeschworen. Zu Sir Percy Gregorys Residenz gebracht zu werden, wo er seine Medaille im Bogenschießen gewonnen hatte, war wesentlich weniger beunruhigend. Seine Hoffnung stieg noch mehr, als er nicht irgend einem Soldaten oder Polizisten übergeben wurde, sondern Sir Percys Butler Jenks, einem Mann von zwar imposantem, aber keineswegs unfreundlichem Aussehen, der sich an ihn erinnerte und ihn höflich in Empfang nahm.
Rob wartete in einer langen eichengetäfelten Halle. An den Wänden hingen Ölbilder der Gregory-Ahnen, über zwanzig, und dazwischen Hirschköpfe. Einer davon – zwischen zwei Männern mit Spitzenkrausen und langen Perücken –

trug ein gewaltiges Geweih: Rob zählte dreiundzwanzig Enden. Typisch für den Landkreis und beruhigend.
Der Butler kam zurück und sagte: »Sir Percy wird Sie in seinem Arbeitszimmer empfangen, Master Rob. Wollen Sie mir bitte folgen.«
Vor einem der Fenster stand ein riesiger Schreibtisch, dessen Platte mit glänzendem grünem Leder bezogen war, aber Sir Percy saß nicht daran. Als Rob eintrat, schenkte er sich gerade vor dem Büfett ein Glas Whisky aus einer Karaffe ein. Er rief: »Oh, da bist du ja, mein Junge! Sicher hast du nichts gegen eine kleine Erfrischung, was? Limonade oder Kaffee?«
»Bitte Kaffee, Sir.«
»Sorgen Sie dafür, Jenks. Auch für Kuchen oder ein paar Kekse. Bis zum Mittagessen vergehen noch einige Stunden. Also, Rob, komm her und mach es dir gemütlich.«
Robs Gemütsverfassung wurde immer besser. Es konnte nicht sehr schlimm sein, wenn er zum Mittagessen eingeladen wurde. Zwei breite niedrige Ledersessel standen zu beiden Seiten des Kamins, in dem ein Feuer loderte.
Sir Percy forderte Rob auf, in dem einen Platz zu nehmen, und setzte sich in den anderen. Er sagte: »Schon ziemlich spät im Jahr für ein Feuer, aber ich sehe es so gern. Und es herrscht immer noch ein kalter Unterton. Leichter Frost heute morgen. Also, ich nehme an, daß du dir vorstellen kannst, worüber ich mich mit dir unterhalten möchte.«
Seine Beleibtheit füllte die ganze Breite des Sessels aus, in dessen Gegenstück Rob sich verloren vorkam. Aber weder seine Körperfülle, noch sein graumelierter geschwungener Schnurrbart über den vollen Lippen und dem Kinn mit der tiefen Kerbe wirkten irgendwie bedrohlich.
Er sah freundlich wie ein Onkel aus. Freundlich und nicht besonders intelligent, aber man mußte doch auf der Hut sein.
Rob fragte: »Über Mike, Sir?«
»Ja.« Sir Percy schüttelte den Kopf. »Eine recht traurige Angelegenheit. Ich kenne ihn natürlich schon seit seiner

Geburt. Wir sind väterlicherseits miteinander entfernt verwandt. Der Junge braucht Hilfe.«

Rob nickte kurz, sagte aber nichts. Sir Percy wiederholte: »Er braucht Hilfe – von uns allen. Sag mir, hat er mit dir über diese Geschichte geredet?«

»Nein, Sir.«

»Ist das nicht ein bißchen merkwürdig? Du bist schließlich sein Vetter. Du lebst mit ihm, ihr seid beide im College House.«

Sein Ton klang überhaupt nicht drohend. Rob sagte: »Wir haben uns auf der Schule nicht besonders viel gesehen. Wir sitzen in verschiedenen Klassen. Wir haben auch andere Freunde.«

»Ja. Trotzdem hätte ich gedacht, daß er dir gegenüber etwas davon verlauten lassen würde.«

Die Augen musterten ihn scharf. Rob antwortete: »Wahrscheinlich war er ziemlich sicher, daß ich nicht ihre Partei ergreifen würde. Warum sollte er also das unnötige Risiko eingehen, mir etwas davon zu sagen?«

»Eine gute Begründung«, räumte Sir Percy ein. »Oh, da kommt die kleine Erfrischung. Stellen Sie das Tablett auf den kleinen Tisch, Jenks. Du kannst dich doch selbst bedienen, Rob?«

In der einen silbernen Kanne war dampfender Kaffee, in der anderen heiße Milch. Rob schenkte sich eine Tasse ein und nahm ein Stück Kirschkuchen.

Sir Percy sagte: »Greif nur tüchtig zu. Ich sehe gern einen jungen Burschen mit gutem Appetit. Du bist in Nepal aufgewachsen, nicht wahr? Und deine Mutter ist . . .«

»Sie und Tante Margaret sind Kusinen.«

»Ganz recht. Und dein Vater . . .«

Rob ging auf die Einzelheiten ein und gab bereitwillig Auskünfte, ehe er darum gebeten wurde. Er beherrschte inzwischen die Geschichte seiner Herkunft aus dem Effeff. Schließlich hatte er bei der Gartenparty sogar Sir Percys Freund täuschen können, der in Nepal gelebt hatte. Er wußte, daß er sie blendend erzählte.

Sir Percy trank seinen Whisky aus und schenkte sich noch ein Glas ein.
»Du bist ein gescheiter Junge, Rob.« Er kehrte ihm den Rücken zu. Aber das Büfett hatte; wie Rob bereits bemerkt hatte, einen Spiegel, in dem Sir Percy ihn ansah. Er lächelte verlegen.
Sir Percy drehte sich, das Glas in der Hand, um.
»Ja«, sagte er. »Du bist ein gescheiter Junge, Rob Randall.«

Der Klang seines eigenen Namens ließ ihn erstarren. Auf Sir Percys breitem Gesicht lag immer noch ein Ausdruck nicht allzu intelligenter Freundlichkeit, aber das war nun alles andere als beruhigend. Er erkannte, daß er durch List dazu gebracht worden war, sich selbst als geschickten Lügner zu entlarven.
Sir Percy kehrte nicht zu seinem Sessel zurück, sondern ging um seinen Schreibtisch herum und setzte sich auf einen schweren Lehnstuhl. Er holte ein Dossier aus einer Schublade, schlug es auf und begann vorzulesen:
»Robin Randall, geboren am 17. August 2038 im Stadtteil Fulham von Groß-London. Vater, John Randall, geboren 1998 in Basingstoke, gestorben im April 2052 im Charing Cross Hospital: Herzversagen infolge eines elektrischen Schlags. Mutter, Jennifer Hilda Randall, Mädchenname Gallagher, geboren 2007, gestorben 2049: an Krebs. Geburtsort: Shearam, Gloucestershire.«
Er blickte auf. »Bist du deswegen auf die Idee gekommen, die Konurba mit dem Landkreis zu vertauschen?«
Sie wußten alles von ihm. Jedes Leugnen wäre sinnlos. Rob sagte mit leiser Stimme: »Teilweise, Sir.«
»Ja.« Sir Percy nickte. »Hat deine Mutter dir je etwas vom Landkreis erzählt?«
»Nein. Ich wußte nicht einmal, daß sie von hier stammte, bis . . . bis ich nach dem Tode meines Vaters einige Briefe fand.«
»Sehr interessant«, sagte Sir Percy. »Hätte diese Entdeckung an sich genügt, einen wagemutigen Jungen zu veran-

lassen, die eingetrichterten, gegen den Landkreis gerichteten Tabus zu brechen oder hat deine Mutter, sogar ohne es auszusprechen, dich unbewußt in diese Richtung getrieben? Es lohnt sich, diese Frage dem Psychosozialen Ausschuß bei der nächsten Sitzung vorzulegen. Aber mit der Sache selbst hat es nicht unmittelbar etwas zu tun. Hast du irgend etwas zu deiner Verteidigung vorzubringen?«
»Wie lange wissen Sie schon über mich Bescheid?«
Als er das sagte, wurde es ihm schon bewußt, daß es ihm nicht zustand, Fragen zu stellen. Aber Sir Percy schien ihm das nicht zu verübeln, denn er antwortete:
»Bereits seit dem dritten Tag, nachdem die Giffords dich aufgenommen haben. Das war natürlich schon geraume Zeit vor der sehr überzeugenden Schau, die du vor Charlie Harcourt abgezogen hast. Der typische Akzent nepalesischer Siedler!« Er lächelte. »Schade, daß ich ihm nicht ein Licht aufstecken kann. Es wäre bestimmt amüsant, sein Gesicht dabei zu beobachten.«
Sir Percy klappte das Dossier zu und lehnte sich auf seinem Stuhl zurück. »Du kannst natürlich nicht länger als ein normales Mitglied unserer Gesellschaft behandelt werden. Schließlich bist du ja keines. Du bist ein Konurbaner, der sich als Angehöriger des Landadels ausgibt. Du stehst auf den Fahndungslisten der konurbanischen Polizei als Flüchtling aus dem staatlichen Internat in Barnes. Deshalb macht es mir nichts aus, dir zu sagen, daß diese Gesellschaft nicht so vom Zufall abhängig und unorganisiert ist, wie es den Anschein erweckt. Wir pflegen Nachforschungen anzustellen, und zwar sehr gründliche. Innerhalb von vierundzwanzig Stunden nach der ersten routinemäßigen Überprüfung wußten wir schon, daß der Junge aus Nepal und der Ausreißer aus dem Internat ein und dieselbe Person war.
Doch jetzt möchte ich *dir* eine Frage stellen. Da wir wissen, wer du bist und daß du mit Michael Gifford befreundet warst, der seine Familie überredet hat, dich aufzunehmen – findest du es da zumutbar für mich, dir zu glauben, daß er dir nie etwas von dieser Verschwörung erzählt hat?«

Rob schüttelte den Kopf. »Nein, Sir.«
»Es freut mich, daß du so vernünftig bist. Erzähl mir jetzt alles der Reihe nach. Laß dir dabei ruhig Zeit.«
Rob erzählte ihm alles und verschwieg nur Mikes nächtlichen Besuch.
Sir Percy hörte ihm zu, ohne ihn ein einziges Mal zu unterbrechen. Als Rob seine Geschichte beendet hatte, sagte er: »Aber über die tatsächlichen Pläne der Revolution hat er nie mit dir gesprochen? Klingt das nicht etwas unglaubwürdig?«
»Wirklich nicht, Sir. Ich hatte mich geweigert, mich daran zu beteiligen.«
»Warum hast du dich geweigert?«
»Ich fand den Stand der Dinge, wie er nun einmal ist, in Ordnung. Ich meine, ich . . .«
»Dir war es gelungen, hierherzukommen und ein Zuhause im Landkreis zu finden, und damit warst du zufrieden. Habe ich recht?«
»Ja, Sir.«
»Aber vielleicht hat er gehofft, dich von seinen Ansichten zu überzeugen?«
»Wir hatten deswegen Auseinandersetzungen, manchmal sogar sehr heftige. Wir waren uns nie einig.«
»Du wußtest doch, daß das, was er vorschlug, Hochverrat war?«
»Ich glaubte nicht, daß irgend etwas passieren würde. Ich hielt alles nur für leeres Gerede.«
»Immerhin hochverräterisches Gerede!« Sir Percy machte eine Pause. »Warum hast du es keiner Behörde gemeldet – zumindest deinem Tutor in der Schule?«
»Mike hatte mir geholfen, Sir.«
»Ja.« Sir Percy sah ihn forschend an. »Und wenn du zu einer Behörde gegangen *wärst*, so hätte man dich höchstwahrscheinlich als Betrüger entlarvt.«
Rob schwieg. Er hätte gern gegen den zynischen Beweggrund protestiert, den Sir Percy ihm unterschob, aber er erkannte, daß es sinnlos wäre.

Nach kurzer Pause sagte Sir Percy:
»Du bist uns nicht sehr behilflich gewesen. Du hast uns nichts erzählen können, was wir nicht schon wußten. Der junge Penfold ist tot, und seinen Bruder haben wir in Gewahrsam.«
Rob schwieg weiter.
Sir Percy fuhr fort: »Ich nehme also an, daß uns nichts anderes übrig bleibt, als dich auf das Internat in Barnes zurückzuschicken.«
Das war von dem Augenblick an unausweichlich, in dem er bei seinem richtigen Namen genannt worden war. Er versuchte sich einzureden, daß es schlimmer, wesentlich schlimmer hätte ausgehen können.
Er merkte, daß Sir Percy wieder sprach: » ... die Gesellschaft, wie wir sie kennen. Zum erstenmal in der Geschichte der Menschheit haben wir Frieden, Wohlstand, die größte Zufriedenheit für die größte Mehrheit. Jene Gewalt und Aggressivität, die nun einmal unvermeidlich sind, weil sie in der Natur des Menschen liegen, werden sorgfältig in die richtigen Kanäle gelenkt: in den Konurbas durch das Zuschauen bei den Spielen und durch gelegentliche Unruhen, im Landkreis durch Sportveranstaltungen, die Jagd und so weiter. Für Fälle, bei denen diese Dinge nicht für genügend Abreaktion sorgen, haben wir den Chinakrieg.
In den Konurbas sind die Massen besser ernährt und versorgt – also zufriedener – als je zuvor. Im Landkreis haben wir eine Klasse der Müßiggänger, die ein wirklich aristokratisches Leben genießen kann. Wir haben die Uhr angehalten, ja sogar bis vor den Ersten Weltkrieg zurückgestellt. Es ist ein Goldenes Zeitalter, das seit einem halben Jahrhundert währt und nie zu enden braucht.«
Sir Percy stand auf und trat an eines der Fenster. Die Sonne schien; sein sorgfältig gekämmtes Haar und sein gepflegter Schnurrbart glänzten in einem Lichtstrahl. Rob fragte sich, warum er ihm das alles erzählte – ob er nicht nur zu seiner eigenen Genugtuung sprach. Sir Percy fuhr fort: »Das alles aber muß *natürlich* wirken, denn die Menschen sind nur

dann zufrieden, wenn sie nicht das Gefühl haben müssen, daß sie irgendwie manipuliert werden. Aber das zu erreichen und im Gleichgewicht zu halten, das erfordert Intelligenz und Planung. Es erfordert eine Sondergruppe aufopferungsfähiger Männer, die als Wächter über alle anderen wachen. Deswegen wurden Gewehre abgeschafft, aber zum Teil aufbewahrt, um die Gesellschaft vor Aufständen zu schützen. Und nicht nur das – wir haben Psychologen, die uns helfen, die Menschen in die richtige Verhaltensform zu bringen. Wir sind ständig auf der Hut vor Unruhen. In dieser Hinsicht ist die Überwachung der Menschen in der Konurba leichter als im Landkreis. Jeder, der schöpferische Intelligenz und Initiative zeigt, ragt aus der Menge hervor und ist darum mühelos unschädlich zu machen. Hier ist das nicht so einfach. Der Adel ist immer der Nährboden für Revolution gewesen. So gut wir auch den Landadel manipulieren mögen, es wird früher oder später zum Ausbruch kommen. Das haben wir gerade erlebt. Wir haben das sich bildende Geschwür beobachtet und es im richtigen Augenblick aufgeschnitten. Es werden mindestens fünfzig Jahre vergehen, bis so etwas wieder passiert.«

Sir Percy unterbrach sich und sagte: »Verstehst du mich, mein Junge? Oder übersteigt es deinen Horizont?«

»Nein, Sir.«

»Das habe ich auch nicht angenommen. Du bist intelligent, und daß du auch Initiative besitzt, hat dein Herüberkommen in den Landkreis gezeigt. Dieses Tabu ist von unseren psychologischen Fachkräften sorgfältig aufgebaut worden, und kein normaler Junge würde es brechen. Möchtest du lieber hier bleiben, als in die Konurba zurück geschickt zu werden?«

Rob konnte nicht glauben, daß dieses Angebot ernst gemeint war. Er sagte vorsichtig: »Ist das denn möglich, Sir? Ich dachte . . .«

»Seit wir dich entdeckt haben, stehst du als möglicher Anwärter auf die Ausbildung zum Wächter unter Beobachtung. Auch der junge Gifford wurde eine Zeitlang in Be-

tracht gezogen.« Er zuckte die Achseln. »Wir machen gelegentlich Fehler, aber sie lassen sich immer korrigieren.«
Rob erwiderte: »Aber ich bin doch ein Konurbaner...«
»Und nicht der erste. Du mußt lernen, über diese Abstempelungen hinaus zu denken, wenn du auch weiter damit leben mußt. Du wirst als Rob Perrott zurückgehen und ein normales Leben führen, bei den Giffords und in der Schule, später an der Universität. Du wirst nach außen hin ein ganz gewöhnliches Mitglied des Landadels sein. Aber in Wirklichkeit gehörst du zu denjenigen, die hinter den Kulissen regieren. Vielleicht bekommst du zu gegebener Zeit eine offizielle Stellung, aber dann wird sie, wie meine eigene, nur ein Vorwand sein. Die tatsächliche Macht, die du ausübst, wird andersgeartet und wesentlich größer sein.«
Rob war verwirrt. Er konnte den plötzlichen Umschwung seiner Lage kaum fassen.
Sir Percy fragte: »Bist du damit einverstanden?«
Er nickte. »Ja, Sir.«
Sir Percy lächelte. »Das habe ich auch angenommen. Du hast mir gefallen, Rob – auf den ersten Blick.« Er streckte seine Hand aus, und Rob drückte sie. Ihr Griff war fest. »Wir müssen noch eine Sache klären, ehe wir alles beiseite schieben und uns dem Mittagessen widmen. Ich hoffe, du magst Wild? Es handelt sich um Folgendes: Wir fallen bei dir aus einem besonderen Grund mit der Tür ins Haus. Unter normalen Umständen wären wir erst in ein paar Jahren an dich herangetreten. Aber wir müssen diese Geschichte schnell in Ordnung bringen. Vor allem müssen wir ein oder zwei Verschwörer finden. Der junge Gifford ist der eine, aber nicht der wichtige. Aber vielleicht führt er uns zu den anderen. Wir glauben, daß Aussicht besteht, daß er sich mit dir in Verbindung setzen wird. Er hat dir geholfen und erwartet dafür vielleicht Hilfe von dir. Leiste sie ihm unter allen Umständen, halte mich aber auf dem laufenden. Ehe du gehst, werde ich dir ein Empfangs- und Sendegerät mitgeben.« Er lächelte nochmals. »Es ist zwar klein, aber ich brauche dir wohl nicht zu sagen, daß du es gut verstecken

mußt. Ein Radio gehört auch zu den Dingen, die im Landkreis nicht Sitte sind.«
Rob sagte: »Und wenn Sie Mike finden ...«
»Wir hoffen, daß uns dann ein größerer Fisch ins Netz geht.«
»Aber Mike selbst ...«
»Du machst dir Sorgen darüber, was mit ihm geschieht? Das ist verständlich. Wir Wächter unterstehen zwar nicht der Moral, die wir anderen auferlegen, aber ich hoffe doch, daß wir menschliche Gefühle bewahrt haben. Ihm geschieht weiter nichts, darauf gebe ich dir mein Wort. Nur eine winzige Gehirnoperation, die ein darauf spezialisierter Chirurg ausführt. Mike merkt kaum etwas davon. Er bleibt aktiv, intelligent, lebenslustig. Aber er wird nie mehr den Wunsch verspüren, sich an einer Revolution zu beteiligen. Es ist eine erprobte und erfolgreiche Methode. Wir haben sie für solche Fälle vorgesehen.« Er legte den Arm um Robs Schulter. »So, jetzt wollen wir von etwas anderem reden. Machst du im Bogenschießen gute Fortschritte?«

Eines der Dienstmädchen machte Feuer und zog sich nach einem kleinen Knicks vor Mrs. Gifford zurück. Die langen Samtvorhänge waren zugezogen, und die Öllampen warfen einen sanften Schein. Eine auf dem Tisch neben Mrs. Gifford beleuchtete die Rundung ihrer Wangen, einige wenige graue Strähnen in ihrem braunen Haar, die Stickerei, an der sie arbeitete – eine ländliche Idylle mit Nymphen und Schäfern. Cecily war schon zu Bett gegangen.
Mr. Gifford rutschte rastlos in seinem Sessel herum und stand dann auf. »Ich will einmal nach den Bäumen schauen«, sagte er. »Ich bin heute noch nicht dazu gekommen.«
Er ergriff eine Lampe und nahm sie mit. In der Konurba hätte er Lumigloben anknipsen können, um seinen Weg zu erhellen. Das Tragen einer Lampe war umständlicher, wie so vieles in dem Leben hier.
Aber die Leute hier hatten Zeit, mehr Umstände zu machen, und fühlten sich dabei glücklicher. Rob mußte an die

Bediensteten denken, die sich geweigert hatten, sich der
Revolution anzuschließen. Vielleicht waren sie so manipuliert worden, daß ihnen ihr jetziges Leben gefiel, aber das
änderte nichts an der Tatsache, daß es ihnen gefiel. Genauso
wie Mr. Gifford lieber eine Lampe zum Gewächshaus mitnahm, als durch einen von Lumigloben beleuchteten Korridor zu gehen.
Er hatte den Giffords nur erzählt, daß Sir Percy ihn verhört
hatte, zufrieden darüber gewesen war, daß er nichts wußte,
und mit ihm zu Mittag gegessen hatte, ehe er wieder heimgeschickt wurde. Die Giffords hatten nicht weiter gebohrt,
denn sie waren von der Sorge um Mike erfüllt. Mr. Gifford
fand bei nichts Ruhe. Mrs. Gifford stickte stumm. Sogar Cecily war still und unglücklich.
Rob fühlte sich immer noch durch das verwirrt, was geschehen war. Er legte sein Buch hin und schaute sich im Zimmer
um – die Möbel mit der Patina von Jahrhunderten, das Porzellan in dem Glasschrank, das jede Woche von einem der
Dienstmädchen vorsichtig abgestaubt wurde, der Glanz des
polierten Silbers und die sanften warmen Farben der Perserteppiche. Das alles stand Mike zu, nicht ihm. Er war ein Eindringling, ein Kuckuck im Nest. Aber Mike hatte es zurückgewiesen, und daran konnte niemand etwas ändern. Er,
Rob, hatte sein Bestes getan, um ihn davon abzuhalten. Er
hätte nicht mehr tun können. Es wäre dumm, wenn er auf all
das verzichten würde, nur weil Mike es getan hatte.
Etwas war heute abend anders. Nicht nur, weil Mike nicht da
war, sondern noch etwas, etwas Positiveres. Er erkannte mit
leichtem Schock, was es war: Zum erstenmal fühlte er sich
wirklich sicher. Nicht nur sicher unter dem Schutz der Giffords, sondern unter dem einer stärkeren Macht. Das Rundfunkgerät hatte er gut versteckt. Wenn er auf einen Knopf
drückte, konnte er sich mit dem Nachtdienst in Oxford in
Verbindung setzen, mit der ganzen Geheimorganisation der
Wächter.
Ein Scheit des Feuers fiel um, und Rob nahm die Zange, um
es wieder aufzustellen.

Mrs. Gifford blickte auf und dankte ihm. Als er wieder zu seinem Sessel ging, sagte sie: »Du mußt mir eine Frage beantworten.«
»Ja, Tante Margaret?«
»Was hat Mike dir gesagt?« Sie beobachtete ihn.
Er fragte zurück: »Wann?«
»Heute nacht.«
Er überlegte, ob es eine Vermutung war oder ob sie tatsächlich etwas wußte.
Während er zögerte, fuhr sie fort: »Ich habe dir schon einmal gesagt, daß es aller Wahrscheinlichkeit nach auffällt, wenn etwas aus der Speisekammer fehlt.«
Rob erwiderte: »Ich muß gestehen, daß ich heute nacht plötzlich Hunger hatte. Es tut mir leid, daß ich . . .«
»Wirklich einen Riesenhunger. Ein ganzes kaltes gebratenes Huhn, einen Laib Brot und einen fast bis auf den Knochen abgesäbelten Schinken. Aber damit fing es nur an. Wenn Mike hier war, brauchte er vermutlich trockene Sachen. Ich habe in seiner Kommode nachgeschaut und festgestellt, daß einiges fehlt.«
Sie sah ihm fest in die Augen. »Es war eine Vermutung, daß du ihn gesehen haben könntest. Ich wußte, daß er hier war, aber er hätte sich ja einfach seine Sachen holen und wieder verschwinden können. Aber wenn du jetzt behauptest, heute nacht plötzlich Hunger bekommen zu haben . . . was war wirklich los, Rob?«
Rob erzählte ihr, daß Mike tatsächlich da gewesen war, sich eine Weile mit ihm unterhalten habe und dann wieder gegangen sei. Er sagte aber nichts über seine Absicht, in die Konurba zu gelangen.
Sie fragte weiter: »Warum hast du ihn nicht zurückgehalten?«
»Das konnte ich nicht. Ich habe mit ihm diskutiert, aber er wollte nicht auf mich hören. Ich habe ihn gebeten, wenigstens mit Ihnen und Onkel Joe zu reden, aber er wollte nicht. Er sagte, wenn er das täte, würden Sie ihn nicht mehr fortlassen.«

»Du hast ihn aber fortgelassen.«
»Mir blieb nichts anderes übrig.«
»Du hast doch gesagt, daß sein Vater noch auf war? Hättest du ihn nicht rufen können?«
»Er hatte das feste Vertrauen, daß ich es nicht tun würde. Wie hätte ich es also tun können, Tante Margaret?«
Sie starrte ihn an. Er suchte den kalten Zorn, den sie am Tage des Aufstandes gezeigt hatte, konnte ihn aber nicht entdecken. Stattdessen drückte ihr Gesicht schreckliche Traurigkeit und Verzweiflung aus, was noch schlimmer war. Sie sagte: »Du wußtest, was geschehen war und was geschehen würde – daß Jagd auf ihn gemacht würde. Und dennoch hast du ihn fortgelassen, ohne uns zu sagen, daß er da war.«
»Wenn ich das getan hätte«, rief er, »hätten Sie ihn angezeigt! Das hat er gesagt. Und das hätten Sie getan, oder nicht?«
»Ja. Er ist noch ein Junge. Es wäre ihm nichts Schlimmes passiert, wenn er sich selbst gestellt oder wenn wir ihn angezeigt hätten.«
Er wollte ihr in ihrer Traurigkeit helfen, ihr zumindest zeigen, daß es noch ärger gekommen wäre. Darum sagte er: »Da irren Sie sich, Tante Margaret. Es wäre etwas passiert. Sie hätten ihn einer Gehirnoperation unterzogen, um ihn davon abzuhalten, sich an möglichen Aufständen zu beteiligen, um ihn gefügig zu machen.«
Sie sah ihn stumm an.
Rob fuhr fort: »Das ist wahr! Sir Percy hat es mir selbst gesagt. Glauben Sie mir nicht? Glauben Sie, daß ich lüge?«
»Ich glaube dir«, sagte sie. »Daran läßt sich nichts ändern. Mein Mann hat eine Narbe auf dem Kopf. Sein Haar verdeckt sie. Es geschah, als er ein junger Mann war, ehe wir heirateten.«
Rob starrte sie bestürzt an. »Nein.« Jetzt war er der Ungläubige. »Das kann nicht Ihr Ernst sein.«
»Es kommt vor«, sagte sie. »Nur sehr selten bei Mädchen. Ich nehme an, daß wir uns mehr um Haus und Familie kümmern. Übrigens auch nicht oft bei Jungen. Aber es handelt

sich um eine ganz einfache Operation. Es besteht keine Gefahr dabei. Es ist nicht viel schlimmer, als einen Zahn gezogen zu bekommen.«
Einen Zahn gezogen zu bekommen ... Erst jetzt, beim Anhören ihrer ruhigen Stimme, erkannte er die ganze entsetzliche Tragweite – nicht nur dessen, was sie sagte, sondern auch dessen, was Sir Percy ihm am Vormittag erzählt hatte. Mr. Gifford, der seine Zwergbäume goß und stutzte und ihre Knospen abzwickte, war einmal wie Mike gewesen, hatte wie er gedacht. Und sie hatten seine Schädeldecke geöffnet und den Kern seines Menschseins herausgeschnitten, wie er vielleicht das wachsende Herz einer Pflanze herausschnitt.
Er rief: »Und Sie würden Mike ihnen ausliefern, obwohl Sie wissen, was sie ihm dann antun?«
»Er wäre danach immer noch Mike«, erwiderte sie. »Er besäße weiterhin alles, was wir an ihm lieben. Und er wäre sicher und geborgen, statt wie ein Tier durch Feld und Wald gehetzt zu werden.«
Er fragte: »Wußte Mike – das mit seinem Vater?«
Sie schüttelte den Kopf. »Über so etwas spricht man nicht.« Aber irgendwie war die Saat der Aufständischkeit weitergegeben worden, um zu keimen, als er einen zerlumpten Jungen traf und ihm half und erkannte, daß jemand aus der Konurba genau so ein Mensch sein konnte wie er selbst. Und dann sind ihm die Augen aufgegangen und er hat gesehen, welche Rückständigkeit und Morschheit unter der eleganten Oberfläche des Lebens schwärten, das er kannte: die Korruption, die es gestattete, Menschen zu Marionetten zu manipulieren, und die Bereitwilligkeit der Marionetten, sich mit den Seidenfäden abzufinden.
Rob erschauderte. Mike hatte Dinge durchschaut, vor denen er absichtlich die Augen verschloß. Der Köder, der ihm heute vormittag hingeworfen worden war, so daß er fast angebissen hätte, war raffinierter und mächtiger, aber deswegen nicht weniger vergiftet. Die Möglichkeit, keine Marionette zu sein, sondern ein Marionettenspieler.
Mrs. Gifford sagte: »Du bist noch jung, Rob – zu jung, um es

zu verstehen. Aber sie werden ihn bald finden. Davon bin
ich überzeugt. Im Landkreis kann man sich nicht lange versteckt halten. Ich habe ihnen beschrieben, was er anhat, und
sie haben versprochen, alles zu tun, damit er nicht verletzt
wird.«
Rob stand auf.
Sie fragte: »Gehst du zu Bett?«
»Ja.« Er verbeugte sich, ohne sie anzuschauen. »Gute
Nacht, Madam.«

Das schöne Wetter hielt an und damit auch der Mondschein.
Der Zaun glitzerte in der Ferne, eine Sperre, die sich leicht
überwinden ließ – nur nicht im Geist der Menschen. Er war
diesmal besser ausgerüstet: Er hatte eine Handschaufel mitgenommen, um damit das Loch unter dem Zaun zu graben.
Seit er seinen Entschluß gefaßt hatte, war ihm manches klarer geworden, auch aus der Zeit in der Konurba. Er erinnerte sich daran, eines Nachts aufgewacht zu sein und die
Männerstimmen in der Wohnung der Kennealys gehört zu
haben. Ein gefährlicher Beruf, hatte einer von ihnen gesagt
– man müsse auf Zwischenfälle gefaßt sein. Er hatte gewußt,
daß sie über den Unfall seines Vaters sprachen, aber er hatte
gedacht, daß sie damit das Risiko eines Elektrikers meinten.
Aber bei dem gefährlichen Beruf konnte es sich auch um etwas anderes handeln. Sein Vater war ein guter Elektriker
gewesen, und es klang unglaubhaft, daß er den Fehler gemacht haben sollte, den man ihm ankreidete. Wenn er sich
hingegen an einer Verschwörung beteiligt hatte . . . Das erklärte vielleicht auch Mr. Kennealys Weigerung, ihm zu helfen, als er auf das Internat geschickt wurde. »Dort bist du sicherer aufgehoben«, hatte er gesagt und sich dann korrigiert: »Besser versorgt.« Vielleicht hatte er sich gar nicht
versprochen, sondern nur seine Überzeugung geäußert: Der
Sohn eines heimlich von der Polizei ermordeten Revolutionärs wäre im Haus eines Mitverschwörers nicht sicher.
Rob sah an dem Zaun hoch. Er wollte in die Konurba zu-

rückkehren, zurück zu den Menschenmengen und Gerüchen, den fabrikmäßig hergestellten Nahrungsmitteln und dem ohrenbetäubenden Lärm, dem kopflosen Pöbel, der den neuesten Popschlager sang oder sich darüber stritt, wer wen bei den Spielen gestern abend geschlagen hatte. Er wollte zu der Adresse, die Mike ihm gegeben hatte. Alles andere war ungewiß und unbekannt. Sie versuchten dort eine Revolution zu entfesseln, die hier so jämmerlich gescheitert war. Wenn auch einige wenige, wie Mr. Kennealy, ihre Hilfe zusagten, stand ihnen doch eine ungeheure Übermacht gegenüber. Aber sobald man die Dinge klar sah, hatte man keine andere Wahl.

Er erinnerte sich an eine Begebenheit, die weit zurücklag. Er war damals höchstens fünf oder sechs. Sein Vater hatte ihm versprochen, mit ihm spazierenzugehen, hatte dann aber in letzter Minute abgesagt, weil er dringend zu Mr. Kennealy müsse. Rob hatte angefangen zu weinen und sich dessen geschämt. Trotzdem war sein Vater fortgegangen und hatte ihm eine Tafel Schokolade mitgebracht, um ihn zu versöhnen. Rob erinnerte sich, daß er sich anfangs schmollend geweigert hatte, sie anzunehmen. Jetzt auf einmal erinnerte er sich an die Stimme seines Vaters: »Es war wirklich wichtig, Rob. Ich hätte dich nicht wegen etwas Unwichtigem im Stich gelassen.«

Rob hatte das merkwürdige Gefühl, daß nun doch noch alles in Ordnung käme. Er folgte, und sei es auch erst viele Jahre später, seinem Vater.

Sonnet stand geduldig neben ihm.

Rob gab ihr einen Klaps auf die Kruppe und sagte: »Marsch, nach Hause mit dir. Zurück in deinen Stall.«

Dann kniete er sich hin und begann zu graben.

RTB Jeans

Hans-Georg Noack — **Rolltreppe abwärts**
RTB 299

Tilman Röhrig — **Thoms Bericht**
RTB 389

Mirjam Pressler — **Stolperschritte**
RTB 926

Rudolf Herfurtner — **Rita Rita**
RTB 1689

Inger Edelfeldt — **Jim im Spiegel**
RTB 1720

Jean Hugues — **Der 12. Juli**
RTB 1735

Ravensburger TaschenBücher

RTB Zeitgeschichte

RTB 600

Judith Kerr — Als Hitler das rosa Kaninchen stahl

RTB 715

Gudrun Pausewang — Die Not der Familie Caldera

RTB 1501

Morton Rhue — Die Welle

RTB 1505

Rudolf Frank — Der Junge, der seinen Geburtstag vergaß — Ein Roman gegen den Krieg

RTB 1553

Hermann Vinke — Das kurze Leben der Sophie Scholl

RTB 1593

Gudrun Pausewang — Etwas läßt sich doch bewirken

Ravensburger TaschenBücher

RTB Fantasy

Susan Cooper — Bevor die Flut kommt
RTB Fantasy Die rauhe Küste Cornwalls wird zum Schauplatz des abenteuerlichen und erbitterten Kampfes um einen sagenumwobenen heiligen Gral.

RTB 1512

Susan Cooper — Wintersonnenwende
RTB Fantasy Die Mächte der Finsternis kehren zum verzweifelten Kampf zurück. Es drängt zur Sonnenwende, eine schwere Aufgabe zu erfüllen.

RTB 639

Susan Cooper — Greenwitch
RTB Fantasy Die Mächte der Finsternis geben nicht auf! Der abenteuerliche und gefährliche Kampf zwischen Gut und Böse geht weiter!

RTB 1510

Susan Cooper — Der Graue König
RTB Fantasy Unheimliche graue Füchse wüten im Land. Wer ist der Graue König, der geheimnisvolle, magische Kräfte besitzt und den Auftrag gab?

RTB 1540

Susan Cooper — Die Mächte des Lichts
RTB Fantasy Erfüllt sich die alte Prophezeiung? Werden Will und Arthurs Sohn Bran das Schwert erhalten, mit dessen Hilfe sie die dunklen Mächte bannen können?

RTB 1546

Susan Cooper — Am Ende das Meer
RTB Fantasy Cally und West begegnen sich in einem fremden Land. Beide sind auf der Suche, beide auf dem Weg zum Meer. Unheimliche Wesen bedrohen sie ...

RTB 1625

Ravensburger TaschenBücher